翔宇花开
念君情

蒋念文著

吉林文史出版社

图书在版编目（ＣＩＰ）数据

翔宇花开念君情 / 蒋念文著 . –– 长春：吉林文史
出版社，2021.9
ISBN 978–7–5472–8077–5

Ⅰ . ①翔… Ⅱ . ①蒋… Ⅲ . ①新闻报道—作品集—中
国—当代 Ⅳ . ① I253

中国版本图书馆 CIP 数据核字 (2021) 第 190678 号

翔宇花开念君情

XIANGYU HUAKAI NIANJUNQING

著　　者	蒋念文	
出 版 人	张　强	
责任编辑	钟　杉	
封面设计	西　子	
出版发行	吉林文史出版社	
电　　话	0431–81629357	
地　　址	长春市净月区福祉大路 5788 号	
网　　址	www.jlws.com.cn	
印　　刷	天津兴湘印务有限公司	
开　　本	170 mm × 240 mm　1/16	
印　　张	10	
字　　数	130 千	
版 印 次	2021 年 9 月第 1 版　　2021 年 9 月第 1 次印刷	
书　　号	ISBN 978–7–5472–8077–5	
定　　价	59.00 元	

序

我是先"念"了他的"文",再见其人的。一篇《灯谜文化悄然走俏温州翔宇》的新闻报道在《温州商报》刊登一个月后,念文加盟翔宇,那应该是2015年的春天。

因为爱好灯谜的缘故,我看到别人的姓名,总喜欢从文字的角度琢磨一下。第一次看到"蒋念文"三个字,就觉得颇有"谜味",很容易联想。当然,让我印象最深刻的,还是因为他的文字。

念文,心中念念有文,一直笔耕不辍。来翔宇之前,他便是一位有温度的资深教育写作者,曾为《温州日报》《温州职教通讯》优秀通讯员,《温州教育》特约采编人。初次见面,看到了他以《德育报》特约记者身份撰写的该报头版头条报道《成为美好,我们在路上》。翻开文集《念文说教——面向幸福的微语》,看到他更多生动的文字。他把对教育的思考汇聚到一篇篇教育时评,发表在报刊上传递给大众:《义务教育的"加"与"减"》《减负不妨从作业变革入手》《灾难教育不能缺席》《给学生兴趣腾地儿》《职业教育不仅仅是饭碗教育》《尊重,让家校联系良好发展》……

选择翔宇新闻中心的工作,意味着一个新的开始,同时要与他自己从事26年的语文教学工作说再见。感谢念文做了这样的选择,感谢玉佩主任对他的推荐。

念文善于拾掇散落在校园里的每一粒"珍珠",用文字记录真实的翔宇,见证了温州翔宇中学发展的点点滴滴:翔宇年课堂、逐梦少年陈光芒、瓯江书院阿木、昆虫馆馆长吴坚、新教育国际论坛……"念文"二字与翔宇教育、翔宇人紧紧地联系在一起。不到五年,集团官网、温州翔宇中学公众号,署名"念文"的报道,就有一千多篇。有关翔宇灯谜、机器人、石头画、风筝节、场馆学习、瓯江书院等活动的文章不时地出现在《中国教育报》《中国民办教育》《浙江教育报》《温州日报》等媒体上。《创新,让梦想照进现实——温州翔宇中学三年办学纪实》《一个博物馆,一个课程群》《图书馆里有一所学校》《互联网+教育=?》等,一篇篇报道不断问世。

念文是有心人,他定期把自己散落各处的有关翔宇学校的文字收集整理成册。第一次看到他的那个打印本时,我看到很多惊喜。厚厚的一大本,沉甸甸的,翻开目录,六大板块,丰富多彩。不知不觉一路走过的日子,紧张而忙碌,

翔宇花开念君情

时间也过得飞快，回头看时，学校竟然做了那么多事情。不得不说这是一种很有意义的记录，让历史沉淀，让未来参照，让美好张扬，也在一定意义上拓展了学校的长、宽、高。也就在那时，我鼓励念文把"打印本"变成正式"出版物"。

现在，我终于欣喜地看到了念文即将正式出版的书稿《翔宇花开念君情》。念文要我为这本书写几句话，我自然无法推却。于是，就有了这篇序。

书中专门设有"校长篇"，其中好多是念文根据我在不同场合的讲话整理的。我向念文要来电子版的文稿，打算直接在电脑上逐句修改校对一遍，以对自己的言论负责。改到一半，觉得不能这么做。因为这是以念文视角记录整理的文字，即便有一些未能达意的，或者表述不到位的，其实也没关系。我想，这也是一种"原生态"。人们并不喜欢太完美的东西。我一直被我的完美主义折磨，这回正好刹个车。

"改革开放40周年·温州民办教育发展论坛"于2018年底举办，念文受市教育局民办教育处特邀拟写主持稿。我在论坛上有演讲，主持人介绍翔宇的时候，我听到这样的表述："在办学人眼中，翔宇中学是一个教育梦想；在学生和家长眼中，翔宇中学是一所绿色学校，是一座博物馆；在考察团眼中，翔宇中学是一个改革样板；在媒体眼中，翔宇中学是一条'鲇鱼'；在政府眼中，翔宇中学则是一位模范生……"，我知道这其中也饱含着念文对这份事业的真情实感，他以他特有的方式向市内外数百名与会领导、专家再一次宣传了翔宇。

行走在翔宇校园里，许多人可能只知道他是"拍照的"。念文有26年语文教学经历，是一位教学骨干，曾被评为温州市优秀教研组长。他专注作文教学，曾连续三年为温州书城做作文教学公益讲座。他负责与执笔的课题研究曾获得市一等奖。他在瓯江书院给2018届翔宇高三学子作了《如何让高考作文接地气》的讲座。

念文踏踏实实做事，安安静静做人，是一名忠实的挖井人。十年前，他给同行做过两个讲座，主题分别是《追求使自己年轻》和《术业有专攻》，这正是他做人行事所秉持的理念。敬业的人在哪里都会受到肯定，作为新温州人，他相继获评"瓯海区首届十佳新居民""温州市优秀新居民"，这当然实至名归。

笔下有情，眼中有诗。念文和他的文字，脚下有根，生长无限！

卢志文

翔宇教育集团总校长、温州翔宇中学校长

2020.1.15

自序

2018 年 12 月 29 日，"改革开放 40 周年·温州民办教育发展论坛"在温州肯恩大学举办，来自全国各地 400 名教育界专家学者参加研讨。作为本次论坛仅有的两所学校代表之一，翔宇教育集团总校长卢志文先生在会上讲述"翔宇的温州实践"。以下两段话（共 299 字）选自论坛主持稿，作者参与起草时，录用了以下表述。

教育需要"公平"，也需要"效率"；教育需要"均衡"、更需要"差异"。兼顾"公平与效率""均衡与差异"的最优法则是"底线 + 创造"。2017 年浙江省人民政府副省长成岳冲调研翔宇中学时，卢志文向他汇报了翔宇人基于民办教育的思考。对于中国民办教育改革的"温州模式"，"有、管、评、办"分离学校体制创新案例，他解释为"有，即校舍产权他有；管，即政府依法管理；评，即社会第三方评价；办，即办学主体独立办学"。

在办学人眼中，翔宇中学是一个教育梦想；在学生和家长眼中，翔宇中学是一所绿色学校，是一座博物馆；在考察团眼中，翔宇中学是一个改革样板；在媒体眼中，翔宇中学是一条"大鲶鱼"；在政府眼中，翔宇中学则是一位模范生……

"又是一年芳菲尽，大鸢翔宇梅始开。"2018 年 1 月 23 日，大寒才过三天。路过梅园，人们惊讶地发现：在绿草坪的映衬下，校园里一片"红云"与"白云"格外明显，温州翔宇中学的师生们不用猜便知晓，这是梅花开了的节奏，接下来会开得更旺哩。翔宇人爱梅花，不仅仅是"梅花香自苦寒来"，有很好的寓意，更主要是因为伟人周恩来爱梅，大鸢翔宇承恩来。

翔宇花开，无问冬夏，四季峥嵘。除了梅花，茶花也没有闲着，正以它最热烈的方式欢迎冬天的到来，绿草丛中，缀满了花瓣。花园里有所学校，这便是翔宇中学给人印象深刻的地方，翔宇人已经习惯于在这样美丽的地方工作和学习。

温州翔宇中学，全国知名品牌翔宇教育集团旗下的一所完全中学，是翔宇教育集团的窗口学校，包括初中部与高中部。在校学生 4976 人，教职工 622 人。

翔宇花开念君情

校园占地 248 亩，建筑面积 10 万平方米。温州市教育窗口学校，永嘉县重点"招商引'智'"项目。

立足永嘉，服务温州，定位办成一所优质化、特色化、国际化的精品学校，致力成为"中国办学体制改革创新的示范学校、浙江基础教育民办教育的窗口学校、温州家长学子热心向往的名牌学校、永嘉教育事业进步发展的龙头学校"。

作者

2019.2.28

目　录

媒体篇：翔宇念文说

创新，让梦想照进现实 …………………………………… 2

家庭演讲会发出正能量 …………………………………… 10

一个博物馆，一个课程群 ………………………………… 14

张厚振和学生们的手绘系列 ……………………………… 17

图书馆里有一所学校 ……………………………………… 19

混在男生堆儿里认不出来的女教练 ……………………… 23

网课，莫让教师"累死"学生"怨死" …………………… 25

昨天猜灯谜，今天送春联，看温州这所学校如何花式过大年 … 27

灯谜大会，留下"谜人"风景 …………………………… 29

互联网＋教育＝？ ………………………………………… 33

《起跑线》触动了我们哪根弦 …………………………… 36

家庭教育专家刘锁志做客翔宇中学家长学校 …………… 38

这里，灯谜是唯一的主角 ………………………………… 39

翔宇中学首个"机器人"诞生 …………………………… 41

花样开学季 ………………………………………………… 43

"我要飞得更高！" ………………………………………… 44

灯谜文化悄然走俏温州翔宇 ……………………………… 45

温州翔宇：在线教育朝着明亮的方向 …………………… 47

相约山水永嘉　共话未来学校 …………………………… 51

翔宇餐厅：也是"场馆学习中心" ……………………… 54

教给孩子一生有用的东西 ………………………………… 59

2018 温州民办教育发展论坛（主持稿） ………………… 62

校长篇：梦想照进现实

卢志文：办一所心目中的学校 ················ 70

卢志文：和整个世界站在一起做幸福完整的现代中国人 ······ 74

卢志文：追求诗意的教育生活 ················ 77

卢志文：翔宇教育坚定地朝着问对精神 ············ 79

卢志文：让我们优雅地劳作 ················· 81

卢志文上书房"行走"谈校长核心素养 ·········· 82

卢志文：用行动铸就教育 ················· 84

卢志文：让教室朝向完美 ················· 86

卢志文：相信是一种力量 ················· 87

卢志文：翔宇是一份事业的名字 ·············· 88

卢志文：翔宇就是志存高远 ················· 89

卢志文：成长即成功 ··················· 91

卢志文：要将十二生肖翔宇年课堂进行到底 ········· 94

卢志文：让校园成为汇聚美好事物的中心 ·········· 96

潘文新：打破"生源决定论"的程度就是一所学校能够上升的高度 ··· 101

师生篇：创意创新创造

他，从阅读的"理想国"走来 ··············· 105

"热冰"之"热"正当时 ················· 110

晁洋：艺术是一把钥匙，开启学生创造之门 ········· 113

崔老师上课有激情 学生上课很专心 ············ 115

杜修荣：10000 个 PPT，100 个 G ············· 117

邢涛老师，您让我感受到了一种无言的亲切感 ········ 120

张永林：俯下身子与学生同行 ··············· 123

我是翔宇人，费晓东 ··················· 126

卢锋：在我的世界里享受我的幸福 ············· 129

她用微笑和勤勉守护翔宇学子的成长 ············ 130

朱志刚：教学联系生活深入浅出 ·············· 132

王乃林：班级德育中融入理想课堂 ············· 134

校园内，惊现"陈光芒与读者见面会"横幅 ································· 136

朱林豪和他的国家发明专利的故事 ································· 138

心手相连助力成长创美好 ································· 140

翔宇学子韩国展风采 国奥大赛勇夺五奖牌 ································· 144

美好的花朵开在孩子们的心中 ································· 146

媒体篇：翔宇念文说

作者以温州翔宇中学为叙述对象，以《中国教育报》《中国民办教育》《浙江教育报》《温州日报》《温州商报》《温州教育》《温州人》为平台，讲述一个个"翔宇现象"，让更多的人认识它、了解它、接纳它、喜爱它。

时间这把筛子哟，
只剩下起点和终点，
出发和归程。

是贝壳，
还是石子，
捡进篮子去，
连同晚霞与快乐。

生活的触角啊，
每一次向上，
每一次前伸，
都在努力使自己出彩。

——《念文的诗 2016 微信书》

《中国民办教育》《温州教育》:

创新，让梦想照进现实

—— 温州翔宇中学三年办学纪实

金文斌　蒋念文

2012年11月，永嘉县决定将瓯北高级中学作为试点学校，面向全国公开招标办学主体，引进全国优质教育资源举办民办教育。翔宇教育集团在众多报名单位中脱颖而出。2013年1月23日，永嘉县政府与翔宇签约，将投资4.3亿兴建的原瓯北高级中学新校园交由翔宇兴办温州翔宇中学。此举立刻在全国引发了强烈反响，被中国民办教育协会会长王佐书誉为"中国民办教育发展标志性事件"，知名教育家朱永新做客温州翔宇中学"风云有约"讲坛，赞誉永嘉政府和翔宇集团正在"共同书写自己的教育传奇"。

至2016年3月，按"管办评分离"模式运行的民办温州翔宇中学，已有两年半时间，人们要问他们办得怎么样？我们在采访中听到了许多赞誉：在办学人眼中翔宇中学是一个教育梦想；在学生和家长眼中翔宇中学是一所绿色学校，是一座博物馆；在考察团眼中翔宇中学是一个改革样板；在媒体眼中翔宇中学是一条"大鲇鱼"；在政府眼中翔宇中学是一位模范生……

这两年半，学生在翔宇校园学得好不好，质量怎么样？

正是桃花盛开的时候，我们走进温州翔宇中学采访，翔宇教育集团办公室主任李玉佩向我们传递了令人兴奋的消息。他说，3月7日永嘉县高一保送生学科素养测试成绩已揭晓，全县前160名，翔宇有82人，前五名翔宇有3人，第一名就在翔宇。

当天，从苍南又传来喜讯：第二次参加全市校园足球赛，温州翔宇中学初中男子足球队摘取了亚军，2015年这支队伍曾勇夺冠军。俨然已经成为永嘉的体育名片。

初中报捷，高中同样让人期待。在温州市教育局2月2日公布的全市高考

"一模"统测成绩单上，温州翔宇中学参加考试的学生成绩良好，达重点本科线260人，占总人数的43%，相比中考，有58位入学成绩在全县1600名以后的学生，这次华丽转身进入全县前580名。

3月中旬，"温州翔宇中学国际部启程，美国校长走进翔宇中学"的消息上了温州新闻"今日头条"。

"筚路蓝缕，风雨如磐，创新谋发展；制度为纲，文化立魂，质量夯根基！"采访中，学校领导班子给我们留下了深刻印象，在江苏省劳动模范、知名教育专家卢志文的带领下，翔宇学校领导班子勇于担当，探索改革，使学校向着高、快、好的方向稳健发展。

一、创新使机制落地

有"管评办"新机制落地，才能使一所新民校实现软硬件一起上，促进学校大发展。永嘉县委县政府创新办学机制，不但引进优秀教育资源——翔宇教育集团，还坚持一定让全国知名教育专家、翔宇教育集团总校长卢志文担任温州翔宇中学校长。坚持"选了一位好校长，就有了一个好班子，就有一个优秀教师队伍，就能办好一所理想的学校"的理念。

翔宇教育集团把建设温州翔宇中学强有力的领导班子放在办学首位，目前校级的领导班子11位，其中来自翔宇集团各校的领导有9人，永嘉籍和外聘有2人，都教过书，都有十五年以上工作经历。中层领导岗位有32人，在学校各个部门把关，带队前行。他们个个是"谋"和"干"的排头兵。

学校实施全日制初、高中教育。到2015年9月，学校初中56个班级，高中46个班级，共有102个班级，4551名学生，永嘉学生占81%。满足了永嘉百姓追求优秀教育资源的需求，永嘉孩子在家门口就能读到好学校。

教育局提供的一组数据值得关注：翔宇中学2013年学校招收回流学生（原在外地上学，现返回永嘉的学生）134人，2014年在外读书返回永嘉上学的有280人，2015年415人。

"翔宇是全国知名教育品牌，欢迎你们到温州办学。市教育局将给予全力支持，希望温州翔宇中学办成全市中学的排头兵、领头羊。"翔宇中学创办初期，温州市前教育局局长（现任温州市政协副主席）谢树华三次来校考察指导，对学校寄予很高期望。翔宇中学能短时间内立足永嘉、辐射温州，进而影响全省正是各级政府、兄弟学校和社会各界共同支持的结果。

有了政府支持，有了集团与兄弟学校做后盾，温州翔宇中学依托集团十余所学校的优质课程和千名精英教师作保障，面向省内外广聘名师执教，打造精品，确立了办一所"优质化""特色化""国际化"的完全中学的构想，演绎了办一所理想学校的生动传奇，开创了"永嘉有史以来最大的教育人才引进工程"。这也是温州、永嘉两级政府出台的民办教育改革的最生动的案例之一。

"优秀的教师队伍是优秀教学质量的保证。"温州翔宇中学现有专业教师355人，永嘉籍的教师78人，其余都是从全国各地招聘而来的，其中包括来自江苏、湖北翔宇学校的骨干教师69人。

师资培训，不但有"走出去"，更多的是"请进来"。2013年至今，累计有21位全国知名的专家受邀做客翔宇"风云有约"大讲坛，讲授最前沿教育理论，分享教育人生体悟。他们当中有新教育实验发起人朱永新、国家督学罗崇敏、美国波士顿麻州大学教育领导学系主任严文蕃、知名教育专家熊丙奇、北大教授郑也夫、作家王开岭、美国前商务部助理部长黄建南等。同时，教师校内专题培训频繁，如教师例会、教研沙龙、学部会议、暑期培训等，每月至少一次。"管'心房'比管'门房'更重要"，翔宇温州总校的教师例会是一道亮丽的培训风景线，由艺术鉴赏、模范表彰、时政速递、教育论坛、校务安排等五大板块组成。艺术鉴赏提升品位、道德建设修身自律、时政速递拓宽视野、教育论坛武装理论，而校务工作则让老师知道路在脚下。卢志文总校长认为打造有品位、有道德、懂教育、关心世界、热爱集体、执行力强的教职工队伍，其实就是在打造学校的未来。

二、创新使文化落地

为了使温州翔宇中学校园文化落地，翔宇集团（首期）投资1821万元建设绿化景观，王玉芬董事长顶层设计"花园式学校"，一草一木都花费了心思，处处可见永嘉（温州）的文化烙印。

文化，为校园立魂。翔宇学校非常重视校园文化建设，有理念文化、环境文化、制度文化、课程与活动文化等四大文化建设体系。

营造优美的校园环境，学校以学生为中心，校园绿化不同地点有不同主题，有香柚、银杏、桂花、香樟等，校园主干道树木四季常绿，樱花园、海棠园、紫薇园、梅花园等鲜花依次绽放。然而这一切是怎样来的呢？

地处楠溪江下游，但瓯北社区居民多，环境不甚整洁。为在瓯北营建一个

"花园式学校"，十一届全国人大代表、上海籍企业家、翔宇教育集团董事长王玉芬对绿化亲自定调，参与设计，施工必到。

2013年1月23日签订协议，9月1日开学，但7月份校园还是一片工地，没路没花草。时间紧，任务重，邱剑副校长召集后勤50多人，分成两组开展工作，不分昼夜地干，确保如期开学。其中有三分之二是温州本地的同志，招进来之后首先开会上课学习翔宇办学理念，使他们认同翔宇，很快就融入翔宇大家庭中。

总务主任助理李绍锋对2013年8月31日那天的情形记忆犹新：集团董事长王玉芬，总校长卢志文，副总校长何殿才、吕正军、高立顺等领导，带领他们一起忙碌到晚上12点。考虑要确保第二天正常开学，王董事长提议把保安撤下去休息，其他人继续通宵工作，直至一切准备就绪。大家工作非常积极，手举肩扛背驮，肩膀都起泡了也没有人吭一声。说到这里，他停顿了一下，眼圈儿红红的。

和一线教学工作一样，总务工作指导思想也遵从卢志文总校长的教导：一切以人为本，多些设身处地与换位思考——假如我是孩子，假如是我的孩子。校园必须确保师生的安全、教学秩序的正常、校园环境的优美。

永嘉县委县政府一直关注翔宇校园的建设，委派周俊武副县长、汪庆珍副主任多次亲临现场办公，及时提醒需要修改完善的地方。

"永嘉县民办教育综合改革创新使翔宇中学场馆式学习有了可能"

卢志文总校长说："和整个世界站在一起，不是仅和虚拟的世界、过去的世界、书本的世界站在一起的。""应试教育、网络学习、虚拟环境……使今天孩子们的学习生活日益远离真实的自然和社会，再炫目的虚拟都不能代替最朴素的真实！""教育的最高境界是实现知识、生活和生命的深刻共鸣。"

以学习者为中心的课程资源建设，为学生提供丰富的学习现场的场馆式学习，目前已成了温州翔宇中学办学特色之一。规划中的十座博物馆，已陆续进入公众视野的有昆虫馆、贝壳馆、中华灯谜馆、王羲之书法教育馆等，为此学校已经投入724万。

教育同仁和社会各界人士参观翔宇博物馆之后留下感受最多的词是"震撼""值了"。截至2016年3月，来校参观的人数已有3万人次。贝壳馆独创的有：蝴蝶拼图、蝶翅时装画、昆虫帝国沙盘、虫字部拼中国地图、名虫名言等。翔宇中华灯谜馆包括灯谜教育、文物展示、灯谜史展示、娱乐功能。王羲之书法教育馆共分为三大区域。基础展区以历史朝代为纵轴线，分别介绍历朝历代的书法史，主题展区展出全国 110 位名家书法作品。它还将会是一个流动的展区，定期邀请全国知名的艺术家前来现场授课，为学生提供更加开阔的艺术视野。展览是静态的，课程教学是动态的。更主要的是翔宇场馆为本校学生提供场馆式学习，开发校本课程，让任课老师把艺术课、语文课、英语课等学科教学搬进场馆。

吴坚馆长说："博物馆是最好的教育，它最直观、最真实。"郭少敏馆长表示："直接面对学生，把灯谜文化用实物形式以馆藏方式传承下来，培养灯谜的后继人才。"

温州翔宇中学每年有"四季八节"

踏青节、风筝节、艺术节、科技节、体育节、读书节、英语节、感恩节，学校活动的背后是什么？翔宇运动会为什么要花费那么多的精力去策划、去创新、去创造？许多人不予理解。2014 年，温州翔宇中学首届奥林匹克运动会开幕，师生以奥林匹克赋予其更多的内涵和趣味性。时隔一年，学校民族运动会在全校师生翘首期盼中再次精彩启程，规模盛大，轰动温州。足球队、合唱团、航模协会、校园导游团、"敏思"灯谜社、"贝类家族"、曲艺表演团等学生社团与 50 多门选修课，更是学子们愉悦身心、增长见识、培养能力、展示风采的舞台。

三、创新使课改落地

一流学校创造变化，二流学校适应变化，三流学校被动变化，四流学校顽固不化。翔宇人认为，改革是教育发展的源动力，面对种种教育沉疴，翔宇人不应该回避退让推诿，而应主动出击。卢志文说："宛如一场世纪堵车，每个人都认为责任在别人，希望改变的是他者。其实，每个人正是别人眼中的他者。"

初中部"理想课堂"全面推进

集团副总校长高立顺主持翔宇温州总校"课变"工作，全面推进理想课堂变革，使用导学案，强化学生自学；课堂上学生小组讨论，教师点拨。"合作与展示之后，学生课堂成长很快。"翔宇中学初中部副校长麻柏林深有体会地说。

2013 年 12 月底，仅仅创办一个学期，翔宇已向全市兄弟学校开设"理想课堂" 97 节次。2014 年 3 月课堂开放日，30 个班级 6 节课全部开放，来自全市 40 多所学校近 500 人，深入课堂感受了"理想课堂"的教学模式。

高中部选课走班分层施教

给予学生最大的选择自由，温州翔宇中学高中部推行全程选课分层走班制——学生人手一张课程表。新高考"7 选 3"模式把更多选择权交给了学生和学校，如何引导学生去选择，如何给予学生更大的选择平台？高中部校长朱恒高做了周密布置。从 2014 年 12 月 1 日开始，689 名高一学生率先按自己的意愿选科走班，每人都以自己的课表开启了全新高中生活。一年后，根据 2014 级学生选课走班实践分析，学校进一步明确高一选科组班规则：学生自主选择，学校宏观微调；一次确定，每学期微调。今年 2 月 1 日，2015 级高一学生选科组班的各项工作圆满完成。

翔宇教育研究院为校园创客保驾护航

"既能动脑又能动手，才有能力和整个世界站在一起。"2015 年 4 月 27 日晚上 7 点 36 分，温州电视台《温州零距离》栏目播出温州翔宇中学机器人社团组装机器人的情况，翔宇第一台机器人——魔方机器人诞生了。2016 年春季开学不久，翔宇机器人社团的同学们在老师指导下，尝试制作会跳舞的机器人。3 月 15 日，学校第二台机器人"翔宇超人"闪亮出镜，它身长近 40 厘米，拥有 17 个"自由活动"的关节，比春晚上的"阿尔法"机器人还要多出一个。据翔宇创客中心老师介绍，这款机器人模仿人类的骨骼肢体，动作灵活，主关节均能旋转 180°，还可以完成比如太极拳、十二舞步等复杂动作，甚至可以做到和人一样单脚平衡站立，双脚走路。翔宇十分重视创客教育，在无人机操作方面也取得了不错的成绩。2015 年温州市中小学生车模锦标赛，翔宇代表队斩获五个第一，无人机救援项目男女两组双双夺冠。

翔宇在线教育朝着明亮那方

当"在线教育"与"在校教育"联姻，会呈现怎样的新气象？春江水暖，翔宇教育集团正在主动拥抱这场史无前例的教育变革。探路线上线下资源整合优势，体验课内课外网络教育精彩。2015 年春天，翔宇教育集团苏鄂浙师生借助沪江网平台，燃火网络教育。卢志文总校长相约年课堂《羊年说年》，听课人数超过 3000 人。其中温州翔宇师生共 2206 人次，参与数学体验课堂 869 人次。2016 年第二届"翔宇年课堂"，听众峰值直线飙升至近 7000 人。打破围墙，在线教育，翔宇人在行动。

四、创新的土壤与气候

2013年永嘉政府将4亿多元建成的校园，通过全国公开招标的方式交由知名办学机构来办学，此举被社会热议。同年11月25日，浙江省副省长郑继伟批示："永嘉算清两笔账，破除政策壁垒，着力发展民办教育，其做法符合改革精神。请将永嘉的做法转各地学习。"之前的11月8日，温州前市委书记陈一新考察调研温州翔宇中学，对学校的办学理念与业绩给予充分肯定。他说："我觉得翔宇中学完全有条件成为温州基础教育改革和民办教育事业发展的典范！不仅能够享誉温州，甚至享誉浙江。"

即便是这样，还有人担心政府投资4.3个亿给民办，心里总感觉不踏实、不理解，认为这可能会使翔宇集团赚到很多钱。卢志文是这么理解的："一个是政府投资4.3个亿中的大部分是土地、房子，所有权是永嘉政府的，而且每年保持增值的态势。第二个，如果政府要运作像翔宇中学这样规模与品质的学校，除基建外，每年还要投进去6000万（光教师工资得近5000万），一分不能少。第三个，从第四年起翔宇每年都要上缴500万元租金。第四个，内部装修1500万是翔宇的，教育教学设备1000多万投入是翔宇的，1821万（首期）绿化景观是翔宇的，这些都将永久留在校园内。"

采访中，我们与校领导会谈，又接触了教师、学生、职工，还接触了政府和社会有关人士。永嘉县委书记娄绍光说："我们希望翔宇探索新路子，做出新贡献，当好模范生"。永嘉教育局副局长、名校长周丐亮说："相缘翔宇加入能让永嘉教育得到整体提升。"他还说："翔宇加入有效阻断生源外流，提供了特色教育服务，有利于促进永嘉教育质量整体的提升。"温州市教育局副局长戚德忠说，'相缘'翔宇有望探索出一条公民办学校齐驱并进的新路子。"教育"活字典"，八十九岁高龄的离休干部、原温州师范学院党委书记李方华，曾两次"相缘"翔宇参观，连说"好！好！好！"他还动情地说："我也要为这所学校做贡献，邀请温州市书法家张索来帮助设计学校的永嘉文化长廊。"

在校园，我们问四川来的英语教师为什么来到温州，说"相缘"翔宇引线，对我们政策落实好、培训好、关心好、社保好，解决问题一步到位。在校园里碰到高二（8）班学生张炬繁，他说："我中考离永嘉中学分数线只差2分就选择翔宇。我不后悔，现在每天都有干劲，觉得相缘翔宇很幸福。"……

对"相缘"的理解，在签订协议时卢志文说："不是我吸引了永嘉，而是永嘉吸引了我们办一所心目中的好学校，让师生过一种幸福完整的教育生活。"

"我们不仅要办一所世俗意义上的好学校，更想办一所我们心目中的好学校，它应该是：中国办学体制改革的示范学校，浙江基础教育民办教育的窗口学校，温州家长学子热心向往的名牌学校，更应该是促进永嘉教育事业进步发展的龙头学校。""好的教育、理想的学校应全力建成以学习为中心的教育资源库，让学生在校园里就能感知世界。在追求教育幸福的路上永远不会停步，不断踏出办学舒适区，不断挑战陌生领域与能力极限。哪怕山高路险也要风雨兼程。"结束采访时，翔宇总校长卢志文对办学信心满满。

有人把"政府提供硬件，翔宇提供软件"的教育新体制的试验称为"永嘉模式"或者"温州模式"，但凡新"模式"总得经过千锤百炼，经过烈火炙烤，相信翔宇集团先进的办学理念、坚忍不拔的意志，与敢为人先的温州精神，定能碰撞出耀眼的火光，冶炼出一把炽热精美的改革创新的利刃。

改革就是多方利益的再调整，常有千难万险，但正因为有改革创新，办学才能突破，事业才能发展，社会才会进步，校园内外教育报国的梦想才能实现。（金文斌：原温州市人民政府教育督导室副主任、《温州教育志》副主编）

（《中国民办教育》杂志，2016.2【总第 140 期】，《温州教育》2016.07/08）

翔宇花开念君情

《中国教育报》：

家庭演讲会发出正能量

温州翔宇中学 蒋念文

"让自己有限的人生尽量地精彩一些，我想我的人生还有无限可能，或者说一切皆有可能；我想我的人生活得理直气壮、有底气；我想我的人生再次回望的时候没有后悔，只有感动。"

不是所有的孩子在成长道路上都能听到亲人如此精要地阐述自己的人生经历，但是16岁的蒋尚勰却有这份幸运。在家庭演讲会上，他听得十分认真，不时地鼓掌。或许，他已经领悟到"目标"对于人生的意义，内心充满力量。

演讲代替春晚

电视屏幕临时改为PPT显示，"目标的力量"几个金黄色大字此刻显得特别有分量，一场家庭演讲会正在这里热烈进行，掌声、欢笑声汇成一片，气氛热闹温馨。爷爷奶奶、儿子儿媳、女儿女婿、孙子外孙，从"40后"到"00后"，年龄梯度跨越70年，包括大女儿的两个儿子，二女儿尚华静一家三口，儿子尚华飞一家三口，加上老两口，祖孙三代10口人围坐在一起，其中一个人在前面坐着或站着，以自己最舒适的方式开讲。

这一幕发生在2017年1月27日晚上7点多，年夜饭之后，浙江省淳安县千岛湖镇退休老人尚解顶家中。大家都在同一个平台上展示，所有的家庭成员都是演讲者，也是观众，还是评委。演讲以抓阄为序，每个人根据自己的标准现场亮分。

本人，一个有28年工作经历的"60后"女婿抽到第一个上场，围绕"和谐""自然"两个关键词，从一张岳父岳母在树下畅谈的照片说起，希望大家庭朝向自然和谐的方向。

"我是蒋尚勰，今年16岁，我是初三的学生。考上二中是我的目标。2014

年初秋，我踏入千岛湖南山学校就定下这个目标。我看到自己和目标的距离，那种心痛的感觉比谁都深刻，但我从未想过要放弃。现在我觉得我在一步一步接近目标。"面对升学考试，"00 后"读书娃也有自己的憧憬，即将小学六年级毕业的尚铮羽表示要以优异的成绩回报父母。与哥哥和弟弟不同的是，念初二的凯凯的目标是学做一道菜。

"不犯懒、不犯浑、不犯倔、戒躁、制怒，我的缺点就在这几个词里体现得淋漓尽致。我必须把这几个小小的毛病，也可以说是无限大的毛病，最大限度地克服掉。"2016 年被朋友坑了六七十万元的"70 后"尚华飞在儿子、外甥面前袒露自己的不堪，直言自己的痛点，讲述自己办公司争项目一年还款 30 万元，以及参加淳安县作协写了一篇文章拿到 500 元奖励的励志故事。

"如果你努力，那么就是改变的开始。回顾 2016 年，我最大的成就就是做了微商，微商就是我事业上的备胎，它在我无数次不自信的时候又找回了些自信。2017 年，我也要好好规划一下，重中之重就是尽一切可能支持儿子考上二中，让他的转折点尽可能没有遗憾。第二个是我的个人事业，我要用我的手机学习成长做好微商。"从事服装销售十年、有过线上线下销售经验的蒋尚飔的妈妈尚华静，讲起 2017 年的销售目标滔滔不绝。

"我给 9.6 分是有意义的，因为他们姐弟俩都讲自己的感受，融入大家庭的比较少。"72 岁的尚解顶给女儿尚华静、儿子尚华飞亮分后简评了一下。

健康的身体健康的家

"我自己的题目是'健康'，2003 年我认识尚华飞的时候 80 斤都不到，很瘦很小，现在 113 斤。有句老话叫好女不过百，今年我给自己定的目标是'好女不过百'。为什么我要把体重控制下来？其实是为了健康，为了这个家。我们为这个家所能做到的，首先是自己健康，健康了之后我才能达到其他所有的目标。爸爸 70 多岁了，妈妈 60 多岁了，他们还健健康康，他们的健康让我们没有后顾之忧。尚铮羽是我儿子，从小体质不是很好，而现在他的成绩单有一个'优'就是体育，他在为自己健康打下基础。我们要把自己的健康变成整个家庭的健康。其实健康不仅仅是身体，还包括心理的。""80 后"儿媳的家庭演讲深得老人的赏识，尚解顶给她打出 9.8 分，比给自己的儿子尚华飞分数高出 0.2 分。

演讲围绕话题"目标的力量"展开，也可以允许有自己的小标题。

"于我而言，目标一词一直离我很遥远。舅舅告诉我，你如果连目标都没有等于是一个废人。以前我不认可目标，但是多年的工作经历告诉我，如果你没有目标真的就是个废人。我现在寻找到并要实现的目标就是——拥有一个家庭。这个家不是说有多少钱，不是说有多少好吃的，只要我晚上回来，灯火通明，有个人在等着你，有一碗热饭，有一碗温菜……"怀揣文学梦想的孙子辈的 23 岁郑蒙，谈的是他理想中的女朋友。

花甲古稀也不放弃

年轻人讲完，一家之主尚老汉开始回顾自己的经历。50 多年前，自己在家种地时爬上村后的最高峰远眺，想着如何走出大山。19 岁那年通过努力参军到了北京，改变了自己的生存状态。

大家原本都以为老妈妈不会讲话，却没想到最后她也用质朴的语言忆苦思甜。"今天我很高兴，是看到儿女们真的长大了。我现在还这么努力地干活，是为了你们大家都好一点，不用你们担心，这是最大的事情。要叫你们学习我们两个老人。"年过六旬的尚解顶的老伴儿，哽咽着诉说自己吃了一辈子苦，为什么现在还在宾馆里"做房间"打短工，她当年成家立业时定的目标是：努力多挣点，让大家好过点。

老人的一席话让大家联想到，2016 年她过得挺不容易，不是在这家餐馆当洗碗工就是在那家网吧做保洁，晚辈们个个泪流满面……

懂事的外孙蒙蒙用"苦尽甘来，日子已经一天天好起来了"来安慰外婆。一双儿女尚华飞与尚华静走上演讲台与哽咽的母亲拥抱在一起。

"今天晚上的演讲会，我感慨万分，它对我们的家庭好处很多，故事的主人公都是一开始处于生活的劣势，然后设定目标通过努力实现，从而改变自己的境况……"尚解顶点评道。

演讲会结束了，大家仍旧兴致盎然，意犹未尽，一致同意把之前定下的评奖颁奖环节放一边，继续围坐在一起即兴发表感言……

激动感动，成长和谐幸福，人人都是正能量，满满都是人间情。

春节过后，大家带着所描绘的"路线图"回到各自的生活、学习与工作岗位上，默默努力着。不久，我就获悉留在老家千岛湖念书的儿子蒋尚翻的学习成绩年级排名又进步了 20 名，深感欣慰。

家庭演讲会承载了家庭教育的正能量：平等、自信、尊敬、理解、内敛、自律，老年人依然奋斗，中年人马不停蹄，感染着孩子们昂扬向上。家庭中每一个人心里亮堂、精神振奋。良好的家庭氛围创造出美好的境界：陪伴孩子成长的同时，自身也得到成长。（2017.3.30《中国教育报·家庭教育周刊》发表、中国教育新闻网、中国家庭教育网、《德育报》转发）

翔宇花开念君情

《浙江教育报》：

一个博物馆，一个课程群

本报通讯员 蒋念文

"它弱小，一样是力的化身！它美丽，依旧不失以神奇！它翩跹天地之间，用变身来成就生命的传奇！"

站在学生们面前，面对一双双渴望探求大自然奥秘的眼睛，吴坚习惯性地用双手比画着，开启了他的第一讲《蝴蝶传奇》。作为温州翔宇中学海洋贝壳馆、昆虫馆馆长，吴坚更乐意把自己采集、收集、制作的标本及馆藏设计等知识教给自己的学生，做最直观、最真实的教育。

据了解，翔宇中学的场馆除免费向社会开放外，更向本校学生提供了丰富的课程资源。这里，有各个场馆开设的校本课程，也有和自然学科教师联合开发的课程，还有同美术课、语文课、英语课教师一起合作的有效尝试。

一个博物馆

无论是对昆虫的科学研究、观赏收藏，还是科普教育都离不开昆虫标本。在校本课程《昆虫视界》中，吴坚更愿意给学生上的一堂课是第8讲《昆虫标本的制作》。吴坚认为，制作昆虫的标本和昆虫标本的采集一样，是一门集审美、创造、技术之大成的手艺。

使用注射器，按图示部位向蝴蝶身体内部注射开水，注射剂量依蝴蝶大小而定；注射开水后，等到蝴蝶四翅翅基均有水珠渗出后，拔出注射器；将软化过后的蝴蝶置于吸水纸上，将体表水分吸干，以免影响后续步骤；使用昆虫镊，轻轻挤压蝴蝶胸部，使其翅膀略微展开……

这样的动作，吴坚不知已经操作过多少回。学生们每次进入昆虫馆，总会因为馆内那一幅幅臻美的标本而挪不动步子，"呀，这只蝴蝶形态跟枯叶一模一样啊！"

　　翔宇中学的昆虫馆内收藏了 1500 多种昆虫，以蝴蝶、甲虫为主。昆虫馆设计上有绿、蓝、橙、黄四色，分别代表蝴蝶传奇区、昆虫帝国、昆虫文化、昆虫艺术四大展区。其中独创的有：蝴蝶拼图、蝶翅时装化、昆虫帝国沙盘、名虫名言等。而该校的贝壳馆则收藏了 71 个国家和地区的 2000 种贝壳标本及其相关化石，分贝壳文化、贝壳标本、贝壳科普、贝壳艺术、贝壳化石等几大板块展出。

　　"电脑屏幕上的一粒贝壳，可能是多媒体呈现，但至多也仅是一个动态图像而已。真正的'多媒体'，应该是孩子面前触手可及的一枚真实的贝壳——可以调动孩子们所有的感官去感受它的质感、气味、声音、硬度……"卢志文总校长有过这样的论述。

一个课程群

　　"博物馆一般有两个功能，一个是收藏功能，再一个就是教育功能，我们因势利导开设了多门校本课程。"吴坚说。

　　2015 年 5 月，翔宇中学高中部美术教师晃洋根据教学计划分批次安排 14 个高二班级到昆虫博物馆上写生课。与此同时，初中部美术教师张厚振带领初中各班学生上起了海洋贝壳写生课。

　　"哇！这里这么美、这么有趣，要是能在这里上课，还用担心学生不专心吗？"2016 年 3 月，初一英语组 12 位教师全体出动，参观了学校贝壳馆和昆虫馆。"今天我们英语组就在这里备课了，大家先将资料整理好，研究出操作性强的方案，我们就可以带学生们来博物馆上课了。"英语备课组组长卢天南至今很激动。那个月底，英语教师刘月娥和蔡文君分别带领自己任教的班级，走进昆虫馆和贝壳馆上课。

　　英语课搬到博物馆，难点在哪儿？这样的课堂让学生学到什么？

　　"我们尝试着让每个学生扮演两个角色——解说员与参观者。"刘月娥说。馆长吴坚给师生们提供了一些蝴蝶的资料、图片和文字信息。刘月娥让学生自己分工收集资料，并为每一个蝴蝶标本编一个故事。在之后的课堂上，就会有小组专门研究枯叶蝶，通过枯叶蝶的外形特征更深层次想象生活当中的拟态现象。"学生们的故事中有穿迷彩服的士兵，有伪装术。"刘月娥介绍。

　　"这样的课堂让我们接近自然与生活，富有挑战性。在一个小组中，你负责讲蝴蝶的外貌，我负责讲蝴蝶的分布，他负责构思蝴蝶的故事。"初一（9）班学生郑闰尹说。

一段传奇人生

当参观者伫立在《珍稀蝴蝶分布图》《蝶翅时装画》《昆虫编年史》等独具匠心的展品前时，无不浮想联翩。人们不禁要问："从收集标本到建馆布展，再到课程开发，吴坚是如何做到的？"

熟悉吴坚的人都知道，他不仅是个科学达人，还是个工作狂人。"我每次有机会都叫上他，外出走走，要不，他就一直处在工作状态，干傻了。"翔宇教育集团办公室主任李玉佩深有感触地说。

吴坚，一名小学科学教师，却一直做着一个宏大的博物馆梦。

说起自己的馆藏之路，吴坚记忆犹新："1992 年，我 22 岁，在青岛参观海洋博物馆时就想：这，我也能做！""26 岁便开始收集标本，1998 年开始做自己的馆。""当时我只是一名东北乡村教师，收入微薄，做馆藏需要相应的资金投入，被父亲看成是不务正业，好在母亲支持了我，并提供了原始资金。"

2005 年，收集工作初见成效的吴坚偶遇卢志文，并在后者的力邀下加盟翔宇教育。2008 年，吴坚在湖北监利建了第一个翔宇博物馆。而 2013 年在温州翔宇中学开建的昆虫馆和贝壳馆已经是他的第三和第四个馆。这两个场馆，自 2014 年 6 月对外开放以来，全国各地陆续参观的人员达 3 万多人次。

"你愿意到我们那里工作吗？"一位慕名来参观该校昆虫馆的外宾，惊叹之余通过翻译向吴坚伸出了橄榄枝。一旁陪同参观的卢志文听了，忍不住接上一句——"那你把我也带上吧！"这话一下子逗乐了大家。

翔宇中学规划了 10 座博物馆。中华灯谜馆、王羲之书法教育馆等，都将成为学校课程改革的重要推手。（2016 年 7 月 1 日《浙江教育报·教师周刊》第四版）

《浙江教育报》：

张厚振和学生们的手绘系列

本报通讯员 蒋念文

温州翔宇中学美术教师张厚振和他的学生们最近迷恋上一件事：在火柴盒上手绘画。"火柴画，含创新创意，有设计的元素在里面。"张厚振指着桌上一幅火柴画《凡·高》说，"瞧，特点鲜明"。

实际上，在翔宇中学的美术课堂上，学生们不仅在火柴盒上画画，还在石头、鞋子、T恤上画画。前不久，永嘉县艺术节成绩揭晓。班上两位学生获得一等奖的消息传来，张厚振开心地念起了该校的《学生宣言》："让创新的意识和创造的能力成为我们学业进步的不竭动力……"

大学时学平面设计的张厚振认为，是设计激发了他的创新创意，创意的课堂才能真正培养学生的动手动脑能力。他并不要求学生一定要有很好的基础，但是要"有想法"。他认为："单纯地'依葫芦画瓢'，学生容易厌倦，结合生活的美术课学生才会有兴趣，才会主动去学。"T恤画完了可以穿身上，鞋子画完了可以穿脚上，石头画、火柴画可以当装饰摆设。张厚振说，学以致用才能让每位学生都动起来。

"来，说说这两件作品正负形之间的关系。"一幅幅精美的电影海报，一幅幅耐人寻味的公益广告，两两对出，学生们有些应接不暇，但也能很快说出自己的看法。这是4月20日，笔者在高二（14）班美术课《奇特的视角图形》上看到的情景。

有了感性的铺垫之后，张厚振进一步解释："所谓正形与负形是指一个图形一般有图案部分及衬托图案部分的两个形。图形创意中，往往把两部分有机联系在一起。"

看了，说了，学生们按照教师要求当堂练习，在画纸上进行"图形创意，影子的联想"。

翔宇花开念君情

"音体美这些学科的学习显现的是一种生活态度。只有热爱生活的人，才会热爱这些。学生多些参与音体美活动，可以缓解学业紧张的压力，更能促进文化课学习这道'大餐'的消化。"（2017.4.28《浙江教育报·教师周刊》头版）

《浙江教育报》：

图书馆里有一所学校

温州翔宇中学　蒋念文

瓯江书院是温州翔宇中学已建成的六大场馆之一（其他五个是昆虫馆、贝壳馆、书法教育馆、中华灯谜馆、灵舒创意馆），以一条江命名，以书为主题，书写自己的生命传奇。"场馆以学习者为中心整合学习资源。""无限相信师生的潜能。""做应然的教育，让校园成为汇聚美好事物的中心。""不是学校里有一座图书馆，而是图书馆里有一所学校。"这是翔宇教育集团总校长卢志文很多次在各地教育论坛上的阐述。瓯江书院面积约 1400 平方米，室内都用实木打造，整个空间显得沉稳、古朴、雅致。其中包含数个多功能区：沙龙区、课程区、教研区、文创区、社群区等。瓯江书院负责人叶玉林，从一个读书会的爱好者，到整个书院的具体筹建者、管理者与推行者，书院前进的每一步都离不开他。卢志文给叶玉林提出了工作方向：探索学校教育之外的个性化、小规模、智能化的全新培养方式。

书籍是一种资源
阅读也可以是一种资源

阅读是学校教育中最重要的一个部分，但是图书馆和阅览室几乎做成了一个摆设，中学生根本没有时间去图书馆借书。为此，翔宇教育集团进行了有力的探索：阅读与教学关联、阅读与未来关联。2016 年 11 月，瓯江书院建成。它的活动基于阅读，但不仅仅是阅读，还包括活动和课程，强调生活、阅读、表达，与正常的教学活动展开经常性互动。一开始，瓯江书院请社会学者来开设讲座，后来聚焦学生，组建了学生读书社团，为学生服务，进而开展师生读书会、书册阅读教学，以及千人读书计划等活动，影响温州，辐射社会。谈到读书联盟计划，叶玉林是这样表述的："假如我们挑出一千本经典作品，那么有没有可能每一本书都有一名学生为它写出非常好的书评。比如《霍乱时期的爱情》，有 50 名学生写过书评，其中有一篇写得最好，它就成为书院的资源。学校可以为它出一本集子，或者录制短视频，来个'开卷 8 分钟'。"这就有了比较清晰的瓯江书院读书活动路线图。

一本书是一个人
一个人也可以是一本书

"书虫"阿木，真名叫叶玉林，来自四川泸州。他是一位语文教师，也是翔宇民间读书会的发起人，每逢周五晚上，翔宇教师发展中心的教师读书沙龙由他主持。后来，学校把瓯江书院交给他打理。他便一头扎进去，乐此不疲。阿木说："教育是一种信仰，需要充分的阅读和生命的体验。"瓯江书院在他的理解是"具有课程的图书馆"。他喜欢西方哲学，做了课程《理想国》精读，让学生掌握一些读西方哲学经典的基本方法，树立基本的公民意识。一年中，有 40 名学生参与，并有不少学生旁听，形成了一个小小的学习哲学的热潮。每月 1~2 课时，共 14 课时，以讲授为主，兼有互动，最后一节为讲座《当孔子遇上苏格拉底——东西方言说方式之比较》。继学生版的阅读课程之后，2018 年下半年，叶玉林推出教师版阅读课程——《庄子·齐物论》精读，每周五晚上举行。

名家大咖是主讲人
学生也可以是主讲人

自瓯江书院建成以来，华东师范大学教授刘梁剑、上海交通大学教授夏中义、温州大学教授张小燕、90 后新锐作家李一格、《瓯风》主编方韶毅、诗人蒋立波、漫画家吴浩然、学者闻中设坛开讲，他们讲哲学，讲温州，讲诗歌欣赏，讲艺术人生，讲文学与写作，讲读书与生活……翔宇教育集团的领导和教师也成为主讲嘉宾。除了前面提到的叶玉林，还有集团副总校长高立顺讲"世界之窗"，教师费晓东讲"私房阅读"，教师于华讲小说创作，学校屿山堂餐厅经理刘华讲菜肴烹饪……瓯江书院举行的读书会，既有教师的月读会，又有学生的周读会，吸引校外书友纷至沓来。学生读书会每期都有主讲人和主持人，沿着"读—讲—议"的顺序，先由一名学生主讲，然后由其他学生提出小问题，大家进行讨论。《红楼梦》品读会分为猜红楼、说红楼、演红楼、诵红楼等几个环节，现场气氛活跃。10 月 9 日，邵亦博接过首任会长汤钱钱（现已毕业）的棒，组织读《红楼梦》第十二回。他说："参加读书会活动很开心，可以缓解紧张的学习气氛，丰富高中生活。高中读《红楼梦》的人不多，大家在一起感觉找到了归属。"

语文书是教材
整本《水浒传》也可以是教材

9月，瓯江书院发起书册阅读教学，指的是把整本书作为教学内容，提升学生阅读水平、欣赏水平、写作水平，找到学校教育的对应点，做好中高考的衔接。教师龚斌用《水浒传》开启了书册阅读教学之旅，借助教材中的名著阅读任务，按一定程式阅读整本书，将名著阅读课程化，积极寻找符合学情的最佳阅读指导突破口。《水浒传》阅读课程包括阅读指导课、阅读交流课、阅读总结课和阅读练习课。阅读指导课分三步走：有读必写—有写必评—有评必交流。

读书要订计划
读书更应该是一种生活

今年暑期过后，学校启动"瓯江书院读书联盟计划"，逐步推进，其中包括千人阅读计划、学生自建读书会、教师月读会、书册阅读沙龙、读书种子计划、经典阅读课程等。叶玉林心中的"千人读书计划"付诸实施："我们的梦想是，邀请1000位爱书之人一起创建精神共同体。如果喜欢个人阅读，请关注A计划；如果愿意社群共读，请关注B计划；如果倾心于个性阅读，请关注C计划。"所谓的ABC计划，面向全校学生，进行选择性菜单式阅读。A计划定位：个人阅读，对象：翔宇中学全体学生，方式：从基本书目中挑出4本书，每月精读一本，时间为2018年10月到2019年1月。活动：每月举行读书沙龙，让热爱同一本书的读者对话，届时邀请相关的学生、教师、家长和其他社会人士同台分享。B计划定位：社群阅读，对象：酷爱阅读且乐意组建阅读共同体的学生，方式：不限人数、年级、期限，书目自定。共读时间在中午，每月2~4次。目前已有"《红楼梦》读书会""《古文观止》读书会"，运营超过40期，"《漱玉词》读书会"正在筹建中。活动：第15周左右组织读书会运营交流会。C计划定位：个性阅读，对象：温州翔宇总校全体学生，方式：寻找拥有相当阅读量并具有较强阅读意愿的学生，自荐或教师推荐皆可。活动：定期开展以阅读书目、推荐书单、优秀书评为主的无声思享会（每月一次），不定期开展有声思享会。 为此，瓯江书院慎重推出学生基本阅读书目（第一辑），包括《活着》《风流去》《乡土中国》《精神明亮的人》《诗经》《谈美》《哲学大问题》等 50 本书，分文学艺术、社科、科普与英文原著四大类，选书兼顾了题材、体裁、风格、国别、版本等诸方面因素。本月发布第二辑。每周活动满满，书院人头攒动，学生课余阅读有了舒适区。在这里，可以是翻阅一本书，向孤独索取繁华，与人类崇高精神对话，基于阅读，但不仅仅是阅读……（2018.11.16《浙江教育报·教师周刊》）

《浙江教育报》"浙派教师"公众号：

混在男生堆儿里认不出来的女教练

蒋念文

11月16日，浙江省足球E级教练培训活动落幕，温州翔宇中学的3位学生甘皓宇、宁智豪、吴林泽成为E级教练员，可担任7~8岁儿童的足球教练。

"她就是一个榜样。"宁智豪说。在校足球队员们的心里，教练彭程有着特殊的位置。许多学生买和她同款的运动服，美其名曰"亲子服"；立志报考她先前就读的体校，毕业后回来给她当助教，憧憬着有朝一日给她买栋别墅……

"D级、C级继续考上去，多一条职业通道。"学生们这样想。

"一个人学习的权利在这个世界上没有任何人能剥夺。"从小踢球的彭程，人生已走过四个节点：体育教育与足球教育方向硕士毕业、投身中学校园足球事业、获得教练员讲师资质、升级为亚足联B级教练员。

身为巾帼，彭程常年一头短发，像个男教练，长相年轻，混在学生堆儿里，几乎认不出来。她的训练要求十分严格，要求每个学生动作到位，运动量足。

90公斤卧推，30个一组，一次8组，学生练得感觉全身要散架，但都咬牙挺了下来。

一周四练，周末比赛。但彭程并不觉得自己是在"教"，她经常提醒学生："不是我站在你们上面，足球是圆的。"她希望学生们主动思考，互相探讨。

学生过生日、表现好、伤愈出院，或者球队出成绩，彭教练迅即切换成"彭老板"，请客聚餐，彭程一个月的工资总有一半会用来买单。

彭教练、"彭老板"，也是彭老师，还关注学生的文化课学习。她经常对学生说："你首先是个学生，然后才是球员。"2020年高考单招脚步近了，她主动向学校提出申请，要求学校安排教师利用晚自习为学生补课，一手抓训练，一手抓学习。

有一天下大雨，学生没有按时到班级参加晚自习。彭程得知后生气极了，从汽车后备厢里操起一根棒球棍就往宿舍走。可是一见面又心软了，只是在雨里狠狠训了他们一顿。

说起"罚跑"事件，甘皓宇记忆犹新。2018 年，校队和温州第二外国语学校踢友谊赛时，上半场踢得非常好，2:0 领先；下半场没有发挥好，被对方追上踢平。彭程认为是球队在领先情况下，意志力方面欠缺。

为了训练学生的意志品质，彭程带领学生跑步回学校，共同"受罚"。天下着雨，原本设想从瓯越大道跑，中途改道安澜码头，跑了 23.8 公里，正好赶上学校晚饭时间。

甘浩宇从没跑过这么远的路，无力、头晕、呕吐，但他和队友都明白教练的良苦用心。

2017 年，彭程进入翔宇中学执教足球队，她的业务水平和严谨教风使得 22 名队员在短时间内得到成长。2018 年暑期，她就带校足球队南下香港集训；2019 年秋，又率 10 名学生北上武汉，足球之旅丰富了学生的经历。

武汉体育学院是彭程的母校，目前，翔宇中学第一位足球特长生牟对已被武汉体育学院足球学院提前录取；而宁智豪也已通过足球专业测试，一只脚已跨进武汉体育学院。

高中男生正值力量爆发期，比赛和训练中对抗都很激烈，伤病是难免的。彭程非常重视做好防护工作，自备绷带和冷冻喷雾剂，两三场比赛就要用掉一瓶。谢奕豪记得有一次自己比赛受伤，彭教练亲自送他到医院，像妈妈一样守候在他身边。

谢奕豪和彭程长得很像，连谢奕豪妈妈看照片的时候都傻傻分不清，谢奕豪被戏称为彭程的"大儿子"。这个"大儿子"刚进队里的时候胆小怕事、不爱说话，甚至有些自卑。有一次谢奕豪受伤手术，由于不能参加重要比赛，急得哭了。"我从他的眼泪里看到他是真喜欢足球。"彭程说，于是不停地让他尝试在场上打不同位置，半年后，谢奕豪进步神速，成了后腰主力。经过两年磨炼，谢奕豪更加成熟，不但可以带动队友积极训练，还能帮助教练分担很多事情，甚至学会了和教练开玩笑，完全重塑了自己的性格。

2018 年 5 月 13 日，彭程率领球队首次参加温州市中小学生校园足球春季联赛，成为最大黑马，一举夺冠。

2019 年 7 月 6 日，翔宇高中男足代表温州出征浙江省青少年校园足球赛，首场 7∶0 大捷，但接连两场均以一球小负，憾失小组出线权，最终获得三等奖。（2019.12.27《浙江教育报·教师周刊》第四版头条）（2019.12.28"浙派教师"公众号）

《浙江教育报》"浙派教师"公众号：

网课，莫让教师"累死"学生"怨死"

蒋念文

2020年，因为疫情，学校延迟开学，学生居家学习，这样的决定无疑是明智的；可又因为网课，少数学校开足了考试科目的马力，让不少学生几乎整天待在屏幕前，"沉溺"网课不能自拔，学业压力持续攀升。

于是，前不久便出现了几则"因为网课，父母与孩子成为仇人"相关内容的新闻。

网课乃新冠肺炎病毒肆虐全国延迟开学背景下的"江湖救急"，虽是主动出击，但着实让人措手不及：学校没有预设预演，教师没有经过培训，学生的教材在学校……

教学中的教师主导、学生主体、家长监督协同……各自边界不是很明了。有些学校，从校长到教师到家长层层加码，一味强化网课效率，强化教师的"主导"，而忽略了学生的诉求。如果学生发出求救信号——"我想要休息一下，行不？"教师与家长回应他们的往往是："不行！"

网课强势之下，家长也成了"夹心饼干"，陷于两难境地：一边是教师不时在家长群里"问责"，令网课中出现状况的学生家长说明情况；一边是孩子委屈的眼神与誓死狡辩。这些忽略身心健康的"变味"的网课，让学生、家长、教师身心疲惫，可谓是本末倒置。

网课，挺美好的一件事。为什么有些网课会令学生"不适"，甚至厌恶，逃避？究其原因有二。

其一，课表满，拖堂多。有些学校在贯彻执行教育部规定时走样，将网上学习等同于学校正常教学，选择了"单纯意义上的网上上课"，网课课表与学校课表如出一辙，甚至删减了音体美科目，随意增加学生的学习强度。此外，有些教师还任意延长授课时间，压缩学生吃饭与休息时间，学生生活状态堪忧。

其二，"批评""踢群"惩戒过"界"。现实中，教师作为教育教学的组织方，以"主播"为主，辅以"签到＋视频＋踢群"等管理机制，从事线上教育教学工作。教师作为家长微信沟通群、学生钉钉教学群群主，在网课教学中享有无上的权威，"拉进来""踢出去"，教育生态遭受严重破坏。

这些教师没有意识到的是，线上教学与线下教学存在很大差异，不能机械地把线下课直接搬到线上，那样只会让学生学得累。教师应如何开展有效的网课教学工作？

笔者认为，网络教学更要重视磨课教研。应通过直播或者视频电话，组织教师开展课前、课中、课后线上磨课活动，让网上听课、听评课活动常态化，同伴互助促进教师专业成长。

实话说，这一个多月来，网课路上教师同样也是"唉"声载道，工作强度比起线下教学不降反升。教师要线上备课、上课不说，某平台上显示：一位"最拼"的教师，最多一天内在线上批改了 1694 份作业。

学生的学习生态又如何呢？不少学生觉得上网课更累，因为课程满、学时长，而且教师批评多、家长责备多。

离校不离教，网课让教师之爱有了新的注解；教师应该非常重视学生网上学习，珍惜学生的时间。经常开展网上调研设法改进教学，这才是教师之爱。

2020 年，数亿师生同时进入网课的教学情境，这当然会倒逼教学方式发生变革。新时代教育强调以人的全面发展为中心，强调学生为学习的主体，就必须纠正过去那种急功近利的教育思想及过度追求分数成绩的教学模式，让学生的潜能得到真正的释放。其实，无论线上还是线下、面授课还是网课，学习的主体终究还是学生，教师上课都应以表扬、鼓励为主，积极培养学生的自主学习能力。信任，往往更能创造美好的效果。（2020 年 3 月 27 日，《浙江教育报·教师周刊》与"浙派教师"公众号同日同时刊登）

《浙江教育报》"浙派教师"公众号：

昨天猜灯谜，今天送春联，
看温州这所学校如何花式过大年

通讯员　蒋念文

"只要你在温州，男女老少都可以来这猜灯谜，过一次年味十足的中国年。"2019年1月26日，由温州市翔宇中学中华灯谜馆主办的首届《温州猜谜王》活动在瓯江书院激情开锣。

"群雄逐鹿""狭路相逢""终极冒险"，猜谜三关，环环相扣，吸引了来自瓯越大地鹿城脚下的数百名猜谜人，既有年过七旬的夫妻，也有四五年级的小学生；既有政府的公务员，也有来自企业的员工。

"10年前，自从工人文化宫搬到新的地方，我就迷上了猜灯谜。"年过七旬的樊绍声与张秀华夫妇同台竞技，开心猜谜，"感觉没有比这更好的老年娱乐活动了。"

"我在企业上班，3年前遇见灯谜，一开始是网上猜，后来遇见翔宇中华灯谜馆及其微信公众号，猜谜有了专业的指导，兴趣更浓了，同时也丰富了自己的精神生活。"在竞赛中胜出摘得桂冠，成为首届"温州猜谜王"的尤丽雅谈起与灯谜结缘的故事。

台上选手激烈竞猜，台下嘉宾与围观者热情参与，数名小学生表现尤为突出，一听完题目，纷纷写出谜底，快速把它交给现场工作人员。

温州灯谜活动历史悠久，出现了柯国臻等一批谜家。温州工人文化宫常年坚持基层灯谜文化活动，持续出刊《鹿衔草》，在中华谜坛享有很高的美誉度。2014年，全国最大的灯谜博物馆——中华灯谜馆，落户温州永嘉。

"这既是一场比赛，也是一次课堂，更是灯谜爱好者相互交流、切磋的好场所。"翔宇教育集团总校长卢志文表示举办此次活动主要以翔宇中华灯谜馆为依托，继承和发扬传统文化，让更多的人喜爱上猜灯谜这项传统文化活动，"今年

翔宇花开念君情

只是个开始，以后每年都争取越办越好。”

1月27日上午，温州翔宇中学地球广场人头攒动：一拨是写春联的书法家，一拨是领取春联的人。

原来这里正在举行由温州市书法家协会教育委员会主办的“百名书家聚翔宇，千副春联免费送”活动。十五张大桌一字排开，笔墨红纸一应俱全，书法名家纷纷登场献墨，每位名师面前都有一群人在排队等候。

“我是瑞安的”“我是文成的”“我是洞头的”……书法家们一边写春联，一边回答大家的询问，他们是受温州市书法家协会教育委员会的委派，参加翔宇王羲之书法教育馆承办的免费送春联活动。

“我看到他们写得这么好，我都不敢上场了。”来自永嘉翔宇小学的李慧梅老师也参加了此次写春联活动，她匆匆赶来，丝毫不敢懈怠，找到台面之后欣然提笔，不多时她的面前就排起了索要春联的队伍。

“平时学习忙，顾不上家里，过年了捎副春联回家，祝福一家人幸福安康。”高三（6）班一楠同学让书法家写了一副春联“万里和风吹柳绿，九州春色映桃红”，横批“吉星高照”，正搁在地上晾干墨汁。

清洁工张老伯面前也摊开了几副春联，他表示为自家两个孩子要的，目前两个孩子都成家了，希望日子越过越红火，春联在手，年味儿更浓了。

翔宇教育集团总校长卢志文一出场便被围观，许多人立即排队，“卢总什么都会，灯谜、篆刻、书法……我想求一副卢总写的对联。”

卢志文变换着小篆、隶书、行书等不同字体给大家写“福”字，面前的队伍越来越长。卢志文一连写就五副对联，感觉有点热，就脱了外套，加快进度。

见此情形有人建议卢志文不要写小篆了，那样费时，但他仍然笑呵呵地满足大家对书法的审美追求，坚持写小篆，持续站立挥毫三个多小时，一直到中午十二点半，方才离开现场。

当日下午两点，温州市书法家协会教育委员会2018年会暨委员作品展在翔宇王羲之书法教育馆举行，95幅名家书法作品在馆内得以呈现。（2019.1.29《浙江教育报》“浙派教师”公众号）

《温州日报》：

灯谜大会，留下"谜人"风景

蒋念文

中华灯谜学术委员会主任郑育斌来了！新加坡灯谜协会会长黄玉兰女士来了！台湾谜学研究会前秘书长高武煌来了！中华灯谜学术委员会副主任赵首成、苏剑、伍耿怀、施奕盛都来了……

他们中，有央视、云南卫视当下热播节目《中国谜语大会》《中国灯谜大会》的点评嘉宾，也有国内外谜坛的顶级专家和高手。端午期间，他们齐集温州翔宇中学，只为参加国内谜坛最具影响力、最高规格的谜坛盛会——第四届中华灯谜文化节。

从 5 月 27 日到 29 日，在国内最大的灯谜馆——翔宇中华灯谜馆，学生灯谜赛、谜王赛、创作赛、灯谜教育论坛、《文虎摘锦》座谈会、灯谜节等活动轰轰烈烈，来自新加坡和全国各地的谜家，与温州本地的谜人以及翔宇中学的学生们一起共度难忘的猜谜时光，分享了这一谜坛饕餮盛宴。

曲终人散，谜味悠长，而众多谜人的精彩亮相，更是让人回味不已。

赠书捐壶，谜人报到送大礼

5 月 27 日下午，本届灯谜文化节报到处。

正当大家的目光都集中在新加坡灯谜协会会长黄玉兰女士一行八人身上时，大厅门开了，进来了两位谜友，一高一矮，高个儿径直去报到处登记领资料，矮个儿走路摇晃，看上去身体平衡很差，一只腿短，向里扭曲，一只手臂在颤动，头也偏向一方，却拎了一个大行李箱进来。他没有马上去登记，而是打开行李箱，里面除了书，还是书。他激动地比画着，把一本本新书赠送给在场的谜友和工作人员。

只见封面上印着他本人大大的头像，书名是《隐乐斋谜稿》，原来他就是被

翔宇花开念君情

东北谜家誉为"谜界怪才"的陈政！笔名隐乐斋斋主，1957 年出生，山东寿光人，上海浦东文化馆灯谜协会会员，从小患有小儿麻痹症，讲话口齿不清。

翻开书的扉页——"本人身虽残疾，但常常以谜为乐，偶有一得，委托人录之。""1986 年开始学制灯谜，在全国各地报刊发表谜作千余条。""部分谜作已被选入《中国当代灯谜佳作集》……"

大家终于明白：这位谜人走过 60 年的人生路，这本书不单单是以书会友的礼物，更是他献给自己的 60 岁生日礼物，也是纪念他自己 31 年不平凡的谜事历程。

他的谜作"闺阁不知戎马事"猜影目"战争让女人走开"，意象变化，细腻深远，被著名谜家杨耀学称赞。杨耀学还称这本书是"一份宝贵的灯谜档案，是一个充实、旺盛、奋斗的生命过程，读之令人感奋。"

有人评价他"身躯残疾而心灵强健，受到谜友们的普遍尊重"。谜家汪永生有一段对他的特写："他手臂颤动着走路，顶着呼啸的风、飞舞的雪，简直是挣扎，十步跌两跤，跌倒了爬起来。坎坷，挫折，都不能对前行者逞能。"

他把箱子挪一边，见有人来就笑着递上去一本，并请求在他事先预备的本子上签名。这时大厅里的人越来越多了，他的箱子渐渐空了。

安徽合肥的谜友徐庆华一行四人则拿出合肥市工人文化宫灯谜研究组编印的谜书《庐州虎迹》分发给大家，这次他们中的两位要参加学生组谜赛。

"祝贺中华灯谜馆开馆，看来这次又有许多谜友捐献谜书啦！"谜友们纷纷向工作人员道喜。山东谜家文木先生还将已故谜家韦荣先亲笔书法捐赠给了灯谜馆。

辽宁谜家王开璟则将自己拍卖所得的张起南"能"字谜紫砂壶捐赠给灯谜馆。对此，翔宇中学校长卢志文非常感动，他说，两年前参加西安第二届中华灯谜文化节的一个拍卖活动，拍卖这个紫砂壶的时候，不断有人加价，翔宇志在必得，一路相随，直到拍卖价到了四千，他觉得有点舍不得，就说：我们不拍了。但心里还是感到很惋惜。正当怅然之际，王开璟走过来对他说，要把拍来的壶存放到你们灯谜馆陈列。这次，王开璟果然把壶送来了。

猜谜制谜，谜味"勾芡"中国味

中华灯谜文化节之前由深圳、华山、晋江三地接力举办，已历三届。2016年，温州翔宇中学灯谜团队接过了第四届的大旗。本届文化节，首次举办"中国传统文化"主题灯谜创作赛，以灯谜书写传统文化，以谜味"勾芡"出浓浓的中国味。

"看到这么多位老师都在努力推广灯谜向下扎根，令人十分激动，毕竟，在台湾肯这样做的老师，恐怕是不多的。"台湾学生代表曾信豪同学发言，"希望在这里认识更多的灯谜大师，了解灯谜的发展史。"

5月28日上午，开幕式后，灯谜赛进入预赛笔答环节，90多名选手参加了笔试，其中学生有35名。比赛首次采取简体字、繁体字对照试卷，在谜法上尽量做到两岸通用，大力压缩拆字谜。"山东打闪山西下雨"（打一环保用语，4字），台湾女将蔡妤婕一下子猜中谜底"省电省水"，队友曾信豪激动得拍打她的肩膀以示庆祝。由于肩膀突然受击，她满脸通红，而曾信豪则不由尴尬。台下观众目睹此景，善意地哈哈大笑。

当日下午，根据笔试成绩，优胜选手分别进入学生赛决赛或谜王赛复赛环节。谜赛出题解题方式花样翻新，图文并茂、动静结合，每一次换屏，都是一个悬念；每一条灯谜，都有一个包袱。

晚上，谜王赛决赛，创作赛投票、颁奖。

这是史上第一次全球华人学生"小虎队"捉对厮杀。宝岛人气小将大陆首秀，星岛小鲜肉不甘示弱，央视《中国谜语大会》冠军全力以赴，广东、福建、江苏、上海、山东、四川、安徽、湖南、陕西等地谜校神童云集切磋……台下观众兴奋地瞪大双眼，看小小虎将斗智斗勇。

创作赛开始，由观众现场投票，选出状元谜、榜眼谜、探花谜以及优秀谜作。"不知细叶谁裁出"（打一食品加工方式，4字），谜底：自然风干。这一谜题以著名诗句为谜面，符合主题，启下巧妙，被票选为状元谜。

近年来，中华灯谜学术委员会与云南卫视和央视合作制作灯谜节目，随着云视《中国灯谜大会》、央视《中国谜语大会》的相继热播，传统灯谜重归大众、焕发活力。在教育界，全国多所学校引入灯谜，设置灯谜选修课，举办学生谜赛，为谜注入新鲜血液。这届灯谜文化节的成功举办，让我们欣喜地看到了传统灯谜文化的灿烂前景。

灯谜入校，契合教育新趋势

5月29日上午，灯谜教育论坛在翔宇中学瓯江书院举行。沐浴在浓浓的书香里，谜人们共同展望未来灯谜教育事业的发展前景。

翔宇花开念君情

广东省汕头市私立广厦学校副校长金力楷说："我们学校开展灯谜教学已有十六年，把灯谜教育提升到学校的战略高度来做，叫响了'文有灯谜，理有科技'的口号。我们是汕头的重点学校，面向全市招收灯谜特长生。我们的校舍没法跟其他公立的学校比，但是我们可以用灯谜跟他们比。这十几年里，我们学校承办了很多灯谜赛事，参加了90%以上的重大赛事，在灯谜界已经有了一定的影响力。"

福建省泉州石狮华侨中学校长黄奇庆分享了学校开发灯谜校本课程的经验，他介绍："我们2012年把灯谜纳入校本课程，每学期都开展校园灯谜艺术节，组织队伍参加石狮市的灯谜艺术节。我们把灯谜与书法作为学校的艺术教育重点来抓，事实证明，抓灯谜与学校抓教学质量不仅没有矛盾，而且有帮助，我们学校每年中考都能取得优异的成绩。"

上海市同济大学附属存志学校党支部书记卫龙祥则希望，灯谜能作为"正课"进入课堂，而不仅仅是选修课。他认为，弘扬中华文化，学校应该是主阵地，"从2014年开始，同济大学为我校开设了14门素养课程，其中就包括灯谜讲座，每周有两节课，已经开了六个学期，有了很好的开端，学生爱好灯谜的人数在不断增多。这次参赛的选手中大学生较少，应该让灯谜在大学里面扎根，开设课程甚至专业。"

"在学校开展灯谜活动，其实是契合这个时代教育的趋势的。"卢志文校长说，"因为互联网，因为人工智能，社会正发生翻天覆地的变化，也给教育提出了严峻的挑战。联合国教科文组织指出了八个趋势：教育终身化、社会学习化、发展个体化、人才多元化、内容综合化、手段网络化、时空全球化和管理民主化，概括了教育发展的根本趋势。由此，传统的教育手段越来越跟不上时代，需要寻求变革。今天，我们发现：获取知识变得越来越容易，知识的检索变得越来越方便，载体变得越来越丰富。我们还发现，在传统文化的百花园中，有一种形式——灯谜，具有非常独特的教育价值。很多人认为，它是一种文字游戏，它有助于开发智力，其实这些都没有触及灯谜这一伟大形式的教育内涵。教育的一个重要作用是激发发散思维，你的思维打破常规发散开去，你才有可能有新的发展。思维的发散广度越广、发散性越强，你能创造的空间就越大。创造灯谜的过程是发散性思维的过程，猜灯谜的过程其实也是以发散思维为起点的，所以灯谜对于训练发散性思维有得天独厚的优势。"

蕴含着独特的东方智慧和创造力的灯谜，让喧嚣的校园生活慢了下来，让匆匆前行的功利脚步暂时停了下来。它为慢下来、停一下的人们补充养料，蓄积能量，从而得以更快更好地前行。（2017.6.7《温州日报·文化周刊》）

《温州日报》：

互联网＋教育＝？

通讯员　蒋念文

要学知识吗？请回家去。要玩儿吗？请到学校去。

这是翔宇教育研究院副院长邱华国在上周举行的"校长空间"公益沙龙中对"互联网＋教育"未来的描述，也带来了对未来教育的颠覆性思考。

2014年被称为在线教育元年，慕课、微课、翻转课堂等在线学习新方式来袭，信息化也在教育变革中起到越来越大的作用。互联网技术给教育究竟带来了什么？"互联网＋教育"如何真正带来课堂的变革？对于在线教育的思考，业界正在酝酿、探索中。

689位学生一人一课表

高考综合改革2014年率先在浙江和上海实施，目前在读的高一学生正是"新高考"的践行者，首先他们面临的就是文理不分科，实行"7＋3"的选考模式。

"如果没有信息化学校管理软件，针对新高考实施全程选课走班，为温州翔宇中学689位高一学生个性化定制一张课表几乎是一项不可能完成的任务。"邱华国说。

正因为有了计算机技术的辅助，2014年12月1日，温州翔宇中学的689名高一学生每人拿到了一张属于自己的课表。课表上的每一节课，除了学科名外，还有班级编号、教师姓名。"一课一地点，一人一课表"，从此，该校高一正式开启"选课走班"模式，也成为浙、沪两地新高考试点省市中最早全面推行"选课走班"的学校之一。

翔宇中学实现的是针对选修、必修所有课程及其不同层级选择的"完全走班"。要根据学生的兴趣、水平和能力给予充分选择，同时语文、数学、英语这三门高考必考科目和物理、化学这两门学业差距相对较大的科目都设置了难度层级分层学习，因此根据学生选择结果的统计，全年级的选择组合多达176种。

如此复杂的排课，该校高中部朱恒高校长非常感慨："以往是一个班当作一位学生来排课，现在是将每一位学生当做一个班来排课。"这显然是一个前所未有的技术难题。

于是，翔宇中学引进知名软件公司，咨询计算机专家，自主开发了"选排评课平台"。第一周的走班结果显示，全年级24804节课的教学班、教室、教师安排实现了"零差错"。而当每次选考后重新排课将成为常态时，这个平台将会发挥更大的作用。

邱华国还介绍说，互联网技术不仅带来学校管理的方便，同时能"网朋友""网信息""网教改"，给教育教学和教师带来全新的视野和变革。

将互联网技术运用于教育教学中，促进信息技术与教育教学深度融合，正是目前推进温州智慧教育建设，以大数据为基础实施个性化教育的目的。

"年课堂"的在线教育探索

虽然"互联网＋教育"的口号叫得山响，但是如果细观每所学校每个课堂，发现校内外的反响有时是冰火两重天，大部分教室仍延续传统的模式。有专家认为，人类70%以上的知识可以在线上学习，而全国2亿多中小学生大多数学习时间还是在学校中，所以没有学校参与的在线教育，就不能说有真正的互联网教育。

目前我市各学校都在探索如何做好互联网与教育的结合？据资料显示，以温州二中为代表的5所市直学校开展"翻转课堂"探索，以温州中学、温州实验中学为代表的"创客教育"基地建设，瑞安实施"瑞安智慧教育慕课年"，永嘉等地积极开展"电子书包"应用试点，平阳、文成和经开区等地重点推广电子白板应用等，其他地区也在课堂教学中的应用和网络公益教学活动方面初尝战果。

温州翔宇中学则携手国内最大的在线教育平台沪江网率先进行了在线课堂的探索，整合线上线下资源优势，让学生体验网络在线课堂的精彩。

今年2月12日至2月17日春节前夕，温州翔宇中学"年课堂"开启。大年廿七"小年夜"，翔宇总校长卢志文在江苏淮安的家里，给学生们上《羊年说年》。11节"翔宇年课堂"，集浙、鄂、苏三地学生，听课总人数超过10000人次。

2月26日至3月2日，以"二元一次方程组"为课题，温州翔宇中学陈艳丽、石义刚两位老师开展数学常规课的互联网在线教学实验，被称为 CC 课堂。学生在家里通过电脑、ipad、手机等不同终端进行学习。翔宇首次在线教育的成功探索，受到了业内外的高度关注。

在线教育，已经上路。（2015.4.28《温州日报》）

《温州日报》：

《起跑线》触动了我们哪根弦

蒋念文

最近热映的印度电影《起跑线》，深深触动了中国观众的心弦——

首先是片名"起跑线"，让人联想到"不要输在起跑线上"，是当代中国家庭教育语境中出镜率较高的一个词语。其次是剧情，买学区房扮土豪、住贫民窟演贫民，一切为了孩子；公办学校与民办学校教育资源分布不均，家长"凌晨排队拿报名表"，等等，都让中国观众心有戚戚焉。

"可怜天下父母心"，印度与中国同属人口大国，教育区域差异悬殊，百姓渴望得到平等的教育就更加迫切。而矛盾越大，"起跑线上的父母焦虑症"就越严重。

影片《起跑线》竭力在纠正家长与学校的这种偏差：没有顾忌孩子的感受，忽略了孩子成长中的快乐，没有教育孩子做一个什么样的人。影片中，聪明、可爱的皮娅在富人区受到邻居小朋友们的排斥，而在贫民区却与穷人孩子们结下深厚的友谊，重新获得了快乐。

影片思想的深层指向"什么是好的教育""什么是真正的教育"问题的探寻，借用电影主人公拉吉最后站在台上说的话："在如今这个时代，家长只重视孩子的学习而非人品。我的女儿在这里没有学会，少即是多，分享就是关爱。""为什么？因为有我们功利的虚伪的家长，还有她（洛达，德里文法学院的校长）这样的校长，她不仅仅是个校长，更是个生意人，教育已经失去了它的本质，变成了一桩生意。"他最终坚守社会良心的底线，不能容忍作假、欺骗，剥夺穷人孩子的教育权力，毅然做出办理孩子转学的决定，希望能把这个择校的名额还给希亚姆的儿子。这是一个生意人的觉醒，这个觉醒来自穷邻居希亚姆善良的义举——热情帮助初来乍到的拉吉一家，为了帮助"破产"的拉吉交择校费，不惜冒着生命危险到马路上"碰瓷"。

　　女主人公米塔很在乎女儿皮娅"做什么样的人"，她的口头禅："要是不上名校，那她长大了就进不了名牌大学；如果简历上不是名牌大学，那她就不可能去外企上班了；要是去公立学校，就会学坏，要是学坏了，就会吸毒。"

　　"教育是什么？教育是社会良心的底线。"如果说《起跑线》电影的主题仅限于呼吁学校教育人人平等的话，那么这部电影的社会意义还不够，导演借助男主人公的演说，表达了"教育孩子不要夺走他人的权利，比孩子受到良好的教育更加重要"的价值观。正如拉吉的幡然醒悟："我一直想做个好丈夫好爸爸，但是我如果连好人都做不了，我还如何做到那些？！"

　　演员林志玲说："因为电影我们有了更广的角度去看世界，导演们赋予了电影的深度，演员们给予了温度，摄影师们通过他们眼中的世界给予不一样的角度。"

　　除了影片主题所揭示的社会意义，喜剧里隐含悲剧的手法运用，也是该剧的一个亮点。

　　《起跑线》采用讽刺的喜剧手法，不断使用夸张、反复的人物语言，让人忍俊不禁，比如"我家祖传贫穷，祖宗三代都是贫穷。""德里最大的比赛开始了！我说的不是什么马拉松，我说的是学校和幼儿园的招生！"在嬉笑之中让观众感受到浓浓的悲剧意味，更加强化了穷人生活的窘迫、无奈和反抗的无力，以及富人的专权、傲慢。当然，这种暴露无疑比较温和，显得蜻蜓点水，矛盾冲突最后以皮娅转学公立学校与拉吉捐资助学的善举告终，仅仅是一家人的觉醒。

（2018.5.30《温州日报·文化周刊》）

《温州日报》：

家庭教育专家刘锁志做客翔宇中学家长学校

蒋念文

　　3 月 26 日上午，中国"九商三能"教育理论体系创始人、联合国颁发"中国家庭教育特殊贡献奖"获得者刘锁志先生做客温州翔宇中学高中部家长学校成立大会，并作家庭教育主旨演讲。温州翔宇中学副校长、高中部校长朱恒高为其颁发"温州翔宇中学家庭教育顾问"聘书。同时受聘的还有：温州翔宇中学高中部家长学校校长郑晓群，副校长严强、厉进荣，常务副校长徐时洪等 9 位家长学校成员，温州翔宇中学高中部两千余名家长出席了活动。

　　刘锁志先生的讲座围绕"做合格父母，育精英孩子""让孩子爱上学习的奥秘"两个方面展开。"想要教好孩子，先要变成孩子。""每个人都有道心门，六岁以前是开着的，后来慢慢意识到社会上有些东西是骗人的，有些是伤害，于是慢慢地关上了。""今天，孩子表现不好，家长把孩子揍一顿，然后把孩子推到外面，孩子到外面很伤心，甚至有些孩子会哭出来，那个家长自己也很伤心，孩子在外面哭，他在里面哭。这叫损人不利己哦。家长想想不对劲，于是他到外边一把把孩子拉过来，讲了一句话'孩子，妈妈都是为你好啊'，你知道孩子这时候心里怎么想的呢？他说'妈呀，我怎么没有感觉呢？'你对他再好，孩子没有感觉到，那这种好是假的。"

　　他把家庭教育分为五个层次：传递感觉，行为示范，说教，打骂，放弃。认为"传递感觉大于行为示范，行为示范大于说教，说教大于打骂，比打骂更糟的是放弃。""改变自己，改变孩子。"刘锁志家庭教育团队讲师杨楚老师最后分享自己家庭教育的点滴。讲座结束了，许多家长反响热烈，纷纷在家校微信群里表示收获很大，传播家校联手共育正能量。（2017.3.28《温州日报》）

《温州人》：

这里，灯谜是唯一的主角

——玩出来的中华灯谜博物馆

蒋念文

日前，全国第一座，也是目前唯一一座校园内大型谜馆——"翔宇中华灯谜馆"在温州翔宇中学正式建成对外试开放。

"这里，灯谜是唯一的主角！古典谜、新潮谜；文义谜、花色谜；会意谜、拆字谜；传统谜、另类谜；谜书、迷笺、谜文物……它们在翔宇相遇，用中国的表情、用谜人的语言、用别解的舞步！中华灯谜馆，解读灯谜艺术密码，传承灯谜文化基因，用猜谜的快乐，带您走进中华智慧的神秘大门！"这是"翔宇中华灯谜馆"的介绍。

走进翔宇中华灯谜馆，迎面便被一副对联拦住："黑不是白不是红黄更不是与狐狼猫狗半边相仿佛既非家畜又非野兽，诗也有词也有论语上也有对东西南北一片全模糊虽为小品亦为妙文"，这是纪晓岚为"猜谜"配制的谜面。该联由书法家、灯谜家费之雄先生亲笔。这座灯谜馆不仅全面展示中国传统的灯谜文化从古至今的历史，收藏上万件各类灯谜文物和谜书，更是在谜馆的每块分区、各个角落，布置了充满神秘感的灯谜，且形式五花八门。

以核心展区和明清灯谜廊亭为例，该展区主要以宋元明清成熟期的灯谜文物和作品为主。有1933年出版的清末淮安著名谜家顾震福辑的《跬园谜刊三种》、1914年出版的《俞曲园灯谜大观》、现代马口窑字谜陶坛、清代磁州窑白釉红花字谜罐、民国字谜铜盒等珍贵文物。在明清灯谜廊亭之间悬挂着一副副精选的明清名家的灯谜，要想知道谜底是什么，扫一扫二维码即可知道。同时，这里还复原了一个古代院校猜谜场景，生动地再现了当时的热闹场面。

"现在的学生太缺失国学的东西。"中华灯谜博物馆郭少敏馆长认为，他希望以小小灯谜为切入点，带领孩子们领略中华文化之精深有趣。郭少敏馆长念

翔宇花开念君情

初二时，有缘遇见灯谜界大家、语文老师方炳良，参加了老师组织的一个青璜谜社。参加灯谜活动不仅没有影响学习，相反促进了学习，倒逼他博览群书，拓展知识面，学习成绩更是全年级前几名。进入大学后，他对灯谜的迷恋不断升温。2013年底，他开始参与云南卫视《中国灯谜大会》的策划，为赛题主创和首席顾问。2014年加盟翔宇教育集团，在温州翔宇中学设计、筹建灯谜馆，并出任馆长。2015年，他荣获"沈志谦文虎奖"，该奖有"谜界诺贝尔"之称。

"灯谜已经是温州翔宇中学特色教育中的一员了。目前已有校长卢志文等主编的校本教材《中华灯谜教程》，开设选修课，组织'敏思灯谜社'社团，创办纸质刊物《文虎摘锦》，设置'志文虎头奖'等。"据介绍，该校目前还通过考试选拔了60名灯谜学生爱好者进行每两周一次的集中培训，准备组织学生参加今年11月份在福建石狮举行的灯谜大赛，如果有可能，还将组织参加央视举行的灯谜大会。

翔宇中华灯谜馆倾注了翔宇总校长卢志文的心血。卢志文，不仅是教育家，也是一位灯谜专家，2015年春节期间，他在云南卫视"中国灯谜大会"上担任评委，9月，当选为中国灯谜学术委员会副主任。他希望，通过灯谜馆这个载体，让孩子们领略中华文化的博大精深和灯谜的迷人魅力，从而使灯谜馆成为中华灯谜文化传承基地，为灯谜提供后续人才。（《温州人》杂志2015第11期文化栏目）

《温州商报》：

翔宇中学首个"机器人"诞生

蒋念文

近日，温州翔宇中学被一件事情乐呵着："翔宇第一台机器人魔方机器人诞生了！"

来自欧洲的技术达人金彬圣，他辅导的学生社团发明制造了第一台机器人的喜讯一下子在校园里"砸"开了。金彬圣，这位在比利时有过为期两年电子工程研究的小伙子，目前成了温州翔宇中学的科技老师。让翔宇教育集团的"老总们"感到欣慰的是，翔宇学子成了翔宇科技教育的引路人。

四五个学生，三个晚自习，自己动手解决电机数量少、机械臂过短的难题，在辅导老师指导下协同编写程序，最终制造了翔宇第一台机器人魔方机器人，它能解魔方，跟人一样。

金彬圣老师介绍，现在学校开设机器人的课程有：机器编程理论、结构与功能设计、机器人组装制造。采用的教学方式有校本选修课、学生社团、专项辅导三种形式。在金彬圣老师的《翔宇未来发明家特色课程方案》中有他自己课程的近景与远景目标：发展特色科技教育，开展创客课程。同时，开展翔宇"四季八节"中的科技节活动。最终，组建队伍，选拔人才，参加"FLL"机器人世锦赛。

据了解，翔宇机器人社团现有25人，男女生均衡，他们来自温州翔宇中学高中部，人数有增加趋势。历时两个月的学习后，机器人社团的学生已经学会了寻迹、避障等基础机器人的制造，部分学生完成了魔方机器人的制造。

金彬圣在谈及为什么要开发这样的课程时说："一方面学校缺乏特色教育，尤其科技方面的课程，另一方面国家层面有加强科技教育的《全民科学素质行动计划纲要》，进一步推动青少年科普教育，这与翔宇学校'培养走向世界的现代中国人'的理念是一致的。根据'以学习者为中心的学习资源建设'为出发点，

翔宇花开念君情

依托 STEM 教育战略、CDIO 工程教育模式、新教育卓越智识课程等为理论依据，为此我们在温州翔宇中学构建翔宇科技特色课程，开展系列科技创新发明活动。"（温州都市生活频道《温州零距离》2015.4.27 晚 7 点 36 分）（2015.5.11《温州商报》）

《温州商报》：

花样开学季

温州翔宇中学：交给学生"66条寄语"

蒋念文

"学习是你们自己的事""自主才是最积极的态度""当你和自己站在一起的时候，你就和整个世界站在一起了"。这是3月9日翔宇教育集团总校长、温州翔宇中学校长卢志文在该校开学典礼上讲话中的几句话。

迎着朝露，披着朝阳。温州翔宇中学初中部、高中部共66个班级3100多名学生细心聆听了总校长的讲话。卢志文现场给每个班级送上一句自己亲手签名的"校长寄语"，"校长寄语：你可以选择这样的'三心二意'，信心、恒心、决心，创意、乐意。""校长寄语：我们是明天的太阳，命运主宰在我们手中，努力就是我们学业、人生的希望。"一共66条，接过校长的寄语牌之后，学生们共同宣誓："我们将珍爱生命、健康，关爱集体……今天我以学校为荣，明天学校以我为荣！"会场前面的左右边各摆放一个匾额，面朝大家，左边的是：自省、自律、自理，右边的是：自选、自强、自立，全体教师分两列纵队站立。

"我印象最深的是，校长讲的学生转班故事，不能像那个物理成绩考不好的学生那样总是埋怨老师、埋怨校长，把一切责任都推给别人，其实98分都是自己的责任。"初二学生许校闻说。

开学典礼上温州翔宇中学三奖学生：一奖寒假"百星"奖362名，二奖浙江省学业考试3A获得者153名，三奖学期初考试成绩优异者80名，其中"百星"奖包括自主学习之星、阳光体育之星、社会实践之星等等。

卢志文表示，上学期"走班制"让他"非常感动"，虽然班级管理弱了，监督力量弱了，但是实行课堂改革的高一年级不但没有散漫，反而比以前更好了。

（2015.3.15《温州商报》）

《温州商报》：

"我要飞得更高！"

蒋念文

    2015 年 4 月 14 日下午大课间，温州翔宇中学初中部第二届"筝舞苍穹，梦翔宇内"风筝节开幕，初中部全体师生齐聚操场，一部分参与放风筝比赛的同学留在操场进行放风筝比赛，另一部分同学则回到看台上本班的大本营居高临下、翘首以待即将举行的放风筝比赛。

    当本届风筝节开幕时，操场上立即呈现出一派热闹、欢快的场景。晴朗的天气，不时伴有和煦的春风，有的学生拽着线牵引，有的举着风筝奔跑，有的焦急地等待……老师们也情不自禁地加入了放飞的环节，有的协助学生放飞，有的在一旁不停地按快门拍摄。瞬间，蓝天上、体育馆、弘景楼、永居楼一侧，满眼望去都是飞翔的风筝、热情的人群、灿烂的笑脸。此时，操场上喇叭里播放着"我要飞得更高"的歌曲……（2015.4.18《温州商报》）

《温州商报》：

灯谜文化悄然走俏温州翔宇

蒋念文

"昨天这节奏，到今晨三点才躺下：下午政协建言发展互联网教育助力绿色经济转型，晚上《中国灯谜大会》总决赛点评。温州到昆明空中 3 小时 15 分，只晚 5 分钟，东航颇给力。机场直接送化妆间。这期收官，王小丫现场主持，元宵节播。第二演播室还是崔爽主持，我和少敏点评。现场嘉宾师胜杰老师替老梁。"

这是卢志文总校长于 2 月 2 日在朋友圈里"晒"的一条微信，讲的是他与温州翔宇灯谜馆长郭少敏参加云南卫视《中国灯谜大会》节目现场录制的情况——这已是卢志文总校长第二次进该栏目演播厅了。

作为翔宇总校长，他的行程总是忙碌的，除了要给教育"建言"外，让人们好奇的是：他迷上了灯谜，还上了《中国灯谜大会》进行总决赛点评，不禁要问：一位校长，一栏《中国灯谜大会》节目，一所学校，一座灯谜博物馆，他们之间有着怎么样的关联呢？

郭少敏馆长表示："灯谜已经是学校特色教育中的一员了。目前已经拥有了卢志文等主编的《中华灯谜教程》，可以把它作为校本教材，开设选修课，开班讲座，组织社团，布道灯谜。与此同时，开设灯谜网络课程，组织学生参加国际灯谜大赛。温州翔宇灯谜博物馆已经进入装修布展阶段，正着手准备 6 月份开馆，它将与温州翔宇海洋贝壳博物馆、蝴蝶昆虫博物馆媲美。""学校努力要让每一寸土地都能成为教育场所，成为可以应用的课程教育资源。因为，课程以人为中心，是师生生命成长的历程；课程的丰富决定着生命的丰富，课程的卓越决定着生命的卓越。"

"人有它大，天没有它大，打一字。"苦思冥想时，班级里静得出奇，揭开谜底时，顿悟者恍然，不明就里者茫然。"每个人的成长都离不开教育，在我的成长历程中，如果要找寻对我影响最深的老师，我愿首推'灯谜'。因为，我于灯谜得益最多。"校长看重的是灯谜里的教育价值。

　　灯谜作为民俗文化星河中一颗璀璨的明珠，有其独特的魅力。卢志文总校长认为：灯谜对人的思维的"发散性"和"批判性"的锻炼是其他任何方式的训练所不能达到的。开展灯谜活动对激发青少年"探究心理""问题意识"和"创新欲望"，也有着积极意义。（2015.2.15《温州商报》）

《温州教育》：

温州翔宇：在线教育朝着明亮的方向

蒋念文

当"在线教育"与"在校教育"进行联姻，会呈现怎样的教育新气象？

春江水暖鸭先知，作为一个大型民办教育集团，翔宇教育集团正在主动拥抱这场史无前例的教育变革。

试水：携手"沪江"欲解在线教育方程

探路线上线下资源整合优势，体验课内课外网络教育精彩。2015年新春，翔宇教育集团苏鄂浙师生借助沪江网平台，燃火网络教育。

2月中旬至3月上旬，翔宇教育集团总校长卢志文亲率5位教师执教11节"翔宇年课堂"，精彩纷呈。

猜灯谜笑声不断，赏蝴蝶惊呼不停，学书法趣味盎然，品文化滋味绵长。2月12日至2月17日，年前，翔宇专家团各亮绝活。灯谜馆郭少敏馆长开设了灯谜课，昆虫馆吴坚馆长开设了蝴蝶与贝壳课，书法馆赵明老师开设了书法对联课；"羊年话羊"，大年廿七，翔宇总校长卢志文亲自实践开设了压轴文化课。

2月26日至3月2日，年后，以"二元一次方程组"为课题，温州翔宇中学陈艳丽、石义刚两位年轻老师共执教五节初一数学课——"翔宇年课堂"第二季"在线数学体验课"再次获赞无数。温州翔宇中学选取了三个班级，在年初八开始开展数学常规课的互联网在线教学实验。

除翔宇教育集团三省师生积极参与听课实践外，"翔宇年课堂"系列活动得到沪江网高管伏彩瑞、吴虹等高度重视与全力配合。当然，更赢得学生的力挺。

"作为一名学渣，能在这样的环境下学习，真是一大乐事。不知不觉中，翔宇年课堂伴随着我们走过了一个寒假，在这个寒假，我收获了知识，与更多的同学们在CCta1k上交流我们所学到的知识。这个寒假有你陪我度过，真好！"

翔宇花开念君情

　　"翔宇年课堂"结束后第二天清晨,有位网名为"里脊"的同学写出了200字长文,逐一夸赞了寒假在网络上授课的各位翔宇老师,及参与服务的沪江团队成员。末了,他(她)煽情地表示,"这个寒假我与你朝夕相处,与你一起迎接日出,我珍惜,珍惜与你在一起的一分一秒,一点一滴……"

　　在沪江"翔宇教育"专题社团里,除了"里脊"的评论迅速成为热点精华帖之外,温州翔宇中学初中小男生"紫豪大帝",凭借《这个寒假真的不一样》这篇文章同样吸引了数百点击量与精华表彰。

　　试水联姻网络教育,翔宇人已经迈出第一步。

CC课堂:学生学习像淘宝一样

　　这几年,慕课、微课、翻转课堂等在线学习新方式来袭,特别是过去的2014年被称为在线教育元年。历经几百年几乎一成不变的传统课堂授课模式正因互联网的快速发展而发生静悄悄的革命。

　　这次内容丰富、形式多样的"翔宇年课堂",就是一次全面的前期探索。

　　"感觉像淘宝一样,有教师版,有学生版。""网站界面就是淘宝店,教师陈列了知识产品,让学生淘来淘去。"

　　2月16日晚上8点,温州翔宇赵明老师的CC课堂如期开讲了,主题是《写春联迎新年》,从对对子到春联,再到"传说故事""名作名家",一千多名学生在线学习,反响热烈。

　　赵明老师说:"先进入一个'教师列表',然后进入自己的课堂,利用PPT给学生讲课,用耳麦教学,看到学生'举手',与学生互动,老师可以是三个人左右的小团队协作完成,处理课前与课后事宜,相当于论坛的作用,主要是解决预习案(即导学案)与课后疑问。"

　　初中部数学教师石义刚以网名"石头哥"的身份给三个初中班级的学生上了两堂数学网络体验课,有了最真切的感受:"学生利用网络学习的潜力是无限的。""上课很兴奋,老师很自由、方便,穿着睡衣坐在自己家里床沿上就可以上课了,学生也很自由,可以一边吃着东西一边听课,不受时空限制,课完了,还可以回放,网络后台会帮你录制。"

　　授课约45分钟,参与听课的有190多人。理科进入"年课堂",是基于探寻理科网络在线教学的可行性考虑。上课时有个主持人协助老师上课,正式上课前主持人出场导入课堂,老师真正讲课时他则隐身,一但出现技术故障,或网速太慢，或者耳麦听不清时，主持人就暖场。总之，确保课堂正常进行。

"CC课堂有三个版本，有齐全的电脑版本，有使用方便的 Ipad 版本，有简单的手机版本。我授课时，出题用电脑版本，讲课用 Ipad，同时用。"

另一位参与数学网络在线教学"年课堂授课"的陈艳丽老师则表示，她的感受第一个是新奇，从来没有上过类似这样的课。第二个是幸福，锻炼了自己，幸福地成长了。体育教师黎或事认为："它（在线教学）的最大好处，在于学生想怎么问就怎么问，少了在校课堂的那种拘谨，面对同学或是教师时的顾虑，可以表达最真实最直接的看法。授课人数也不受限，打破传统班级的概念，体验无班级上课模式。"

积累：翔宇"年课堂"颁奖在大数据里

当前的在线教育，多为教育培训机构组织的校外补习，作为教育主阵地的学校教育，尽管有些学校进行了积极的尝试，但总体上来说，依旧尚未破冰。

"在线教育相当于再办了一所学校！"

本次温州翔宇年课堂在线教育得以实施，总设计师是卢志文总校长，主要组织者是翔宇教育研究院邱华国和他的团队，他们为此做了大量的工作。

可以通过手机 CCtalk 移动听课，这让很多不在家的学生、老师也能方便地参与听课。从统计数据来看，本次温州翔宇系列年课堂 6 节课，共有 857 人使用了手机移动端听课，累积参与年课堂学习人数破 10000 人次，寒假中，这样大规模的在线学习无疑是当前中国基础教育的一次全新的尝试，网络时代让学习可以无处不在！

在"年课堂"的学习过程中，学生可以分别到自己年级的网上社团或专题论坛中发帖交流。年前不到 10 天，"翔宇教育"各社团就有近千个帖子。内容有谈年课堂感受的，有晒学习笔记的，还有进行寒假生活交流的。

"老师和同学们的热情参与鼓励，让我这几天的疲惫和焦虑一扫而空！'和整个世界站在一起'，翔宇人用行动在诠释！"这是卢志文总校长 2015 年 2 月 18 日上课后的"零点感言"。

3 月 11 日晚上 8 点，弘楼报告厅里灯火通明，温州翔宇中学举行隆重的颁奖仪式，总结温州翔宇"年课堂"，激励"云学习"，展示与沪江网合作成果。沪江网在线同步转播颁奖实况。

沪江网首席教育执行官吴虹做的年课堂回顾与相关统计数据表明，腊月廿九卢志文总校长相约年课堂《羊年说年》，当天在线人数最高达 2800 人次听课，听课人数超过 3000 人次。本次年课堂听课总人数超过 10000 人次，其中温州翔宇师生共 2206 人次，温州翔宇中学参与数学体验课堂共有 869 人次。

再出发：走合作的路，期待转角遇见风景

"深度学习在网络。"

"决意结伴同行，朝着心中的好学校出发。"

"携手沪江（网），探索传统教育转型之路，给中国提供一个案例。"

"给中国教育探路，寻找线上教育的结合点，不是盲目去适应，而是在丰富经验下的判断与思考。"

这是 2015 年 3 月 12 日卢志文总校长在温州翔宇、沪江网"年课堂"交流总结暨在线教育研讨会上的发言。在线教育走进在校教育这条路子前人没有走过，这次"年课堂"仅仅是"试水"，接下来怎么走，将会出现什么情况，都是未知数。翔宇教育集团总校长、温州翔宇中学校长卢志文打了个比喻："好比明天我们将要去旅行，具体怎么走，路况怎样，我们不知道，但也许一个转角处，不经意会发现一道风景，这个才是我们所要的。"

在线教育家长支持不支持？对于这一顾虑，翔宇网络技术员金彬圣之前进行的网络调查显示，年课堂的同学都选择了支持。这让当天研讨的与会者感到欣喜。

翔宇教育集团副总校长吕正军也表达了自己的看法："数学 CCtalk 体验课实际上进入了实战课。"

"互联网的出现对教育的改变应该是最多的，教育不需要物流，不需要空运，不需要电商，为什么在线教育的梦想反而至今没有实现？"翔宇教育集团总校长卢志文认为，在线教育探索之路必须从学校开启，营造线上线下无缝对接生态环境，那才是颠覆性的，教育教学形态全都发生很大变化，不再把互联网当作零散的工具。

翔宇人相信，携手目前国内最大的教育资源网站，走合作共赢之路，未来，翔宇在线教育将朝着明亮的方向，全方位发生变化！（2015《温州教育》第四期）

《温州教育》：

相约山水永嘉　共话未来学校

2016 新教育国际高峰论坛在温州举办

李玉佩　蒋念文

"未来不是我们要去的地方，而是我们正在创造的地方。"11 月 20 日上午，2016 新教育国际高峰论坛在浙江温州举行，800 余名境内外教育工作者汇聚温州翔宇中学，探索教育创新思路，分享新教育实验成果。

新教育发起人，民进中央副主席、中国教育学会副会长朱永新教授论述了"未来学校"的"15 个变革可能"：学校成为学习共同体，开学与毕业无固定时间，学习时间弹性化，教师来源与角色多样化，政府买单与学习者付费，学习机构一体化，网络学习更重要，游戏在学习中发挥重要作用，学习内容定制化与个性化，学习中心小规模化，文凭的重要性被课程证书取代，考试评价从鉴别走向诊断，家校合作共育，课程指向生命与真善美，过一种幸福完整的教育生活。他认为：指望通过信息技术的革命就能把教育问题解决了，这是不可能的，不切实际的；"人性化、选择性、多样化、个性化，将是我们在迈向未来的过程中最主要的选择，也是我们改革的方向。"他目光坚定地强调说，"行动就有收获，坚持才有奇迹！"

当日，来自美国麻州大学终身教授严文蕃先生，新加坡励志学院院长甘波博士，Learning Edge Ventures 创始人、首席执行官唐·伯顿，Minerva 学校中国区经理伊恩·布朗等境外教育团队；朝阳区教委副主任、北京中学校长夏青峰，新教育研究院院长许新海，新教育基金会理事长、翔宇教育集团总校长卢志文等国内专家，及来自全国 20 余省份的新教育实验区代表出席活动。

温州市副市长郑朝阳代表东道主热情致辞，她充分肯定了以温州翔宇中学为代表的新教育实验学校，及苍南为代表的新教育实验区，这群高举理想大旗的新教育人，对温州教育蓬勃发展起到推动作用。希望本次会议能再推新成果，促进地方教育更快更好地发展。温州市教育局局长郑建海、民办教育处处长王永其、永嘉县人大副主任胡明凯、副县长周俊武、政协副主席黄天集、教育局局长戴春光等市县主管领导在前排就座。

"未来的学校，应该是博物馆的样子。"翔宇教育集团总校长卢志文以"让学校成为汇聚美好事物的中心"为题，阐述了翔宇基于未来学校的实践与思考：新教育体验学习中心、翔宇未来学校实验室。同时深情讲述翔宇教育传奇：缘起永嘉政府一起"公开招标"，"永嘉""翔宇""新实验"因此三结缘，"温州翔宇中学"诞生后，朝着"心目中的好学校"迈进，涌现出许多像吴坚、郭少敏、赵明、金彬圣、卢锋等翔宇"骨灰级牛人"。

此次论坛的主题是"共话未来学校"，在朱永新教授、卢志文总校长之后，20日上午甘波院长、唐·伯顿博士分别以"福流少年：面向未来的英才教育""旧式学校、新式学校、理想学校及教育的未来"为题，分享了他们在营建未来学校方面的理念及经验。北京朝阳教委夏青峰就"在创造中学习"做专题发言，引发共鸣。

除主题报告外，为期两天的论坛设有三个分论坛、八位教师叙事和七个科创企业报告。三个分论坛分别从"未来学校的父母、教师、课堂""未来学校的课程设计""互联网＋与未来学校"等三个维度，对未来学校进行深度发掘探讨。

一个博物馆便是一个课程群。会议期间，与会代表还用半天时间细致考察了温州翔宇中学——这所建在博物馆中的学校。2013年才创办的翔宇学校后发优势明显，短短三年已经建成了昆虫馆、贝壳馆、书法教育馆、中华灯谜馆、瓯江书院、创客中心等六大场馆，每个博物馆占地都超过了1000平方米，六个博物馆汇聚了一批学术专才，开设的博物馆课程缤纷多彩，是翔宇及周边县市学生最迷恋的体验学习中心，生动展示了"未来学校"的一个发展方向。

由朱永新教授发起的中国新教育，从16年前无名"山丘"的"草根热身"，发展成为今日全国32个省、市、自治区参加的教育实验，67个实验区、3000余所学校、320多万名师生正携手行走在新教育实验的旅程中，新教育正依靠着充分的民间自觉和有识之士的暖心扶持，走向更高更远。

会场上，温州翔宇中学师生志愿者的贴心服务受到与会者纷纷点赞。会场入口左侧摆放着新教育实验生命课程供大家学习，右侧"新教育基金会公益大数据"展板展出"大数据"，新教育基金会为一线薄弱地区送去图书，帮助城乡的孩子拥有相同的阅读资源。截至目前，已捐建127所儿童图书馆。对新教育试验区已捐建 143 间完美教室儿童书角。新教育星火教师导师团已组织 23 期走进一线乡村教师培训。公益项目已惠及 20 余万师生。（2016 年第 11 期《温州教育》）

《温州教育》：

翔宇餐厅：也是"场馆学习中心"

蒋念文

2017《新校长》杂志社第九期推出首届"中国最校园"评选排行榜，温州翔宇中学入选"最场馆学习"校园，北大附中入选"最自由大气"校园，同期入选的还有宁波二中、春晖中学等全国12所学校。同年9月，温州翔宇中学被浙江省社会科学界联合会授予浙江省社会科学普及基地。

天堂就是博物馆的样子，博物馆里有一所学校，这所学校的名字叫温州翔宇中学，它因博物馆群而名扬海内外。目前已建成并开放的有翔宇昆虫馆、贝壳馆、书法馆、灯谜馆、创意馆，以及瓯江书院。正在筹建的是翔宇生命教育馆。在翔宇教育集团总校长、温州翔宇中学校长卢志文的心目中早已规划了十个场馆，《人民教育》2016年第10期上刊发了一篇他的文章——《场馆学习：和整个世界站在一起》，提出"做应然的教育""让校园成为汇聚美好事物的中心"。

"翔宇餐厅，完全是个场馆。"从一位老师口中传出……

体育老师带学生参观餐厅后厨，这事儿挺新鲜。2017年12月21日，温州翔宇中学高中部体育老师吴庆秋像往常一样早早来到操场上，无意间听到学生们在议论高中学习又苦又累。年过五旬的吴老师马上浮现出学校餐厅导入4D管理后出现的良好的质态，于是，想让学生从观念上做些改变，临时更改了上课场地，带领高二（16）班学生参观餐厅，事先没跟餐厅打招呼——"就想让他们看看员工是怎么做事情的"。走进餐厅，只见大厅与厨房操作间墙上张贴着两行鲜红的大字："食品安全是我们的责任，食品监督是你们的权利"。

看了之后，学生震撼了。"我学到了精细，懂得做事要精确到每个细节才会成功。我学英语很粗心，总是记错。""我学到了严格，从食材开始每一个环节都很严格，以后我在餐厅吃饭都会吃得干干净净，尊重他人的劳动果实。""我学到了责任，责任这种东西，做人都需要。"张陈行、施浩然、陈盈盈三位同学谈了自己参观的感受。

"场馆是给人们增长知识的，餐厅已经起到这个作用。学生可以看到教科书版本的一丝不苟的做事标准。我让学生学习严格，学习精细，对比之下，问自己的学习是否已经够精细化了，可否再细致？"吴老师认为，学校餐厅屹山堂就是一个场馆，他抑制不住讲述自己亲眼看见的，你看细节：毛巾不回家，我就不回家；工具不回家，我就不回家。一个环节一个环节把关，比如苹果清洗，必须盐水泡，再清水冲洗。地面是一点污垢也没有，一点脚印，一点泥沙也没有。员工喝的水杯，以前是一人一个样，现在是统一标上号，放得整整齐齐，跟部队一样。食物来源可以追溯查证。厨房有 8 个监控摄像头，视频可以随时调出来，主管部可以异地监控。当一个餐厅的操作间都可以拿出来晒的时候，这个餐厅一定是佼佼者。餐厅与餐厅比拼，翔宇屹山堂餐厅就是这样的佼佼者，成为业内的榜样。几天前，永嘉中学食堂工作人员慕名前来学习经验。

餐厅成场馆，学生经常学到的是整理、责任、执行

"哇！超整洁啊！比我家厨房还干净。""我的天啊！干净，完全超乎我的想象。""叔叔阿姨的计划单比我整理的导学案还要整齐。"无独有偶，12 月12 日，翔宇中学初中部联合餐厅发起"'屹山堂'4D 餐厅约你来看"参观后厨活动。学部 80 名学生代表参观了学校屹山堂餐厅后厨，"虽然早就听说学校餐厅很牛，但实地参观还是震撼到了我们。"餐厅工具的有序摆放、食物的细致分类、环境的干净整洁都让学生们忍不住为餐厅的叔叔阿姨们打 call。学生说：知识是相通的，学习也需要整理意识、责任意识、执行意识。当日，翔宇中学屹山堂经理刘华谈起 4D 管理模式前后的变化："导入了一种管理模式，提高了工作效率，以前都是碎片化的，现在是系统化的，有一套完整的管理体系，小到每一个物品、每一个区域、每一个环节都责任到位，都有一个管理卡。管理者是谁，责任是谁，一目了然，员工的素质提升很大。"平时，来宾参观完翔宇中学博物馆群之后总被推荐看看屹山堂，在里面走一走。

餐厅成场馆，每月开展校园饮食文化节

作为场馆式餐厅，每月开展"校园饮食文化节"川菜、粤菜、鲁菜、湘

菜……不仅让学生中国菜吃个遍，学校还举办"习礼仪、品西餐、飙英语"饮食节，让学生学会西餐的基本礼仪，体味中西差异，从而爱永嘉、爱温州、爱祖国、爱世界。"和整个世界站在一起"，先从饮食开始，先从就餐礼仪开始。

5月26日，学校初中部在学校屿山堂餐厅举办了"粽香翔宇扬传统，浓情瓯越知民俗"端午实践活动，学生开心地参与包粽子比赛。冬至又称为冬节，南北方的习俗不一，北方通常吃馄饨和饺子，南方吃汤圆。2017年冬至日到了，学校屿山堂餐厅除了像以往冬至日一样，为每位师生提供了免费汤圆，今年还特意增加了饺子的选项。"因为温州地处南方，很多孩子只知道吃汤圆过冬至，忽然看到有饺子可能就会思考为什么，从而能够了解到北方习俗和我们不一样。"刘华经理介绍，"同时，也希望尊重更多人的习俗，让大家都能够在冬至日收获甜蜜的祝福。"餐厅用餐时间，电视机里播放着翔宇学生新媒体工作室同学们为大家精心剪辑的冬至小知识短视频，让大家利用空余时间了解更多传统文化知识。

"哇！中午才被餐厅贴心的汤圆和饺子感动，还没有来得及消化，晚上居然碰上了西餐美食节。"当日餐厅晚餐时间，更是热闹无比，比萨、通心粉、薯条、蛋挞、牛排等各种西式食物，这样的惊喜，真是让人忘记减肥，忘记寒冷，忘记烦恼。

美食节遇上冬至日，想吃什么吃什么。翔宇屿山堂餐厅是永嘉县首批4D餐厅，不仅让人吃得放心更让人吃得开心，为餐厅人的暖心点赞。

餐厅成场馆，开世界名画展，享艺术大餐

和整个世界站在一起，是温州翔宇中学的办学理念。就餐时分也跟世界名画待在一起，翔宇师生已习以为常。"这个是什么？"2016年11月，翔宇屿山堂餐厅正中的一幅艺术画，吸引了许多师生的眼球。大家都表示眼熟，但又说不出是什么，十分好奇。负责餐厅设计、制作的翔宇第一建馆人吴坚老师说："屿山堂餐厅的抽象画是根据蒙特里安的矩形方格画改编的世界地图。"吴老师介绍道，屿山堂文化区墙壁四周展示的都是世界上公认的名画：包括5幅日本浮世绘，5幅中国国画，5幅波斯细密画，5幅古埃及壁画，5幅古洞穴壁画以及20多个流派的世界性代表作。餐厅文化区四周摆放的则是32位大师绘画作品展。还有两台电视机将适时播放世界绘画流派知识讲解，让师生们在享受美味的同时，一起分享这份艺术大餐。

餐厅成场馆，团扇画高高挂起，翔宇张厚振老师带领学生画团扇迎新年

翔宇屿山堂餐厅中心区不但有世界名画展厅，偶尔还能在餐厅看到学生自制的小视频。"咦？这是扇子吗？"2017年12月29日，前往餐厅就餐时，部分师生发现了一些团扇默默地用细线合理分布、错落有致地展示在餐厅中心区，达到了空间上的视觉美。"新的一年的脚步马上到来，我们就想着做点什么迎新年，张厚振老师提议绘制团扇，寓意团团圆圆，事事完美，我们都觉得这个主意不错，就行动了。"书画社同学介绍，"这是一系列的手绘图案，都是我们亲自绘制的，希望师生能在就餐之余一起讨论欣赏绘画，享受美食大餐的同时也享受一把我们带来的视觉盛宴。"这一次他们特意没有提前宣传，而是低调行动，希望给大家一个惊喜！

餐厅实现升级：由"阳光厨房""健康餐厅"到"4D餐厅"

翔宇屿山堂餐厅与温州翔宇中学一样年轻富有朝气，从2013年暑期开火以来，学生、家长、学校对餐厅工作比较重视。

学校打造"阳光厨房"，在入口处安装电视机全方位显示了后厨的操作流程，随时接受学生、家长监督。餐厅食品不仅严把安全关，还注重营养搭配，花尽心思烹饪美味饭菜，每天推出20多个特色品种，让学生自主选择，饭菜不够吃的可以免费添加，汤是每餐免费提供，深受学生喜欢。

翔宇中学餐厅以永嘉的"屿山"为名，谐音"御膳堂"。餐厅共三层，每餐满足近6000人用餐，餐厅严格实行精细化管理，每张餐桌上贴有学生的名字，学生在指定的位置就餐，每桌有桌长，八个人轮流，负责光盘行动。餐桌上放有餐巾纸，学生用餐后都自觉地用纸巾整理干净桌面，感恩教工，每餐都有行动，良好习惯，餐餐养成。

2015年12月15日，永嘉县卫生和计划生育局、县爱国卫生运动委员会办公室联合发文，温州翔宇中学屿山堂餐厅获评"健康食堂"称号，永嘉县学校餐厅获此殊荣的仅翔宇中学1所。翔宇人勇于开拓，追求的脚步并没有停止在荣誉面前，机会总是留给有准备的人。

2016年餐饮业最火的词就是"4D厨房"，即由中成伟业酒店管理教育集团提出的"4D现场管理办法"，即整理到位、责任到位、培训到位、执行到位。温州市市场监督管理局将此列为2017年工作计划，温州翔宇中学屿山堂餐厅率先导入，成为试点单位。

2017 年 8 月 19 日，学校餐厅全体员工齐聚学校弘景楼报告厅，聆听来自专业酒店管理教育讲师杜志炜先生的培训。培训为期三天，期间大家对"4D"标准进行了系统的学习。"以前觉得只要保证干净卫生就是好餐厅，学习后才发现，原来餐厅管理也有这么多学问。"参与培训的餐厅员工十分认真做了笔记，21 日分成了三组进行 PK 学习，相互监督。第一期的理论知识培训，各组长已签订了责任状。餐厅组织学习后，学校马上开始导入"4D 食品安全管理"。一开始大家担心会增加工作强度，可真正细化上了轨道之后，感觉事情并没有多做，只是一个习惯问题。学校以此为契机投入 50 余万元对其进行改造升级。

12 月 2 日，温州翔宇中学餐厅 4D 食品安全管理体系高分通过验收，翔宇餐厅全体员工服务水平走上新台阶。翔宇屿山堂餐厅经理刘华表示："'4D'的导入，有利于学校进一步提升餐饮服务水平，确保师生食品安全。"

翔宇餐厅走过"健康餐厅""安全餐厅"，迈入"4D 餐厅"，正走向"场馆餐厅""文化餐厅"。健康、安全、4D 是餐厅的内核，文化场馆是餐厅的外延。前者是基础，后者是提升。（2018.01/02 期《温州教育》）

《温州教育》：

教给孩子一生有用的东西

—— 从"银河补习班"看一位父亲的教育心得

蒋念文

当洪水浸漫脖子，堤坝上的警察都表示无能为力的时候；当走出航天舱，排除故障遭遇生命危险的时候，孩子耳畔总会响起父亲的声音，谨遵教导，走出绝境，化险为夷。于是，人们重新思考：在孩子成长过程中，哪些教育是至关重要的？什么样的教育才算成功？

梦想、兴趣、信任、生存，几个关键词集中在一部电影里，让观众泪眼唏嘘，它就是《银河补习班》给予的感动。这是一部围绕孩子教育的影片，讲述设计师马皓文第一次做父亲和马飞第一次做儿子的亲情故事，孩子在伟大的父爱呵护下茁壮成长。

身为工程师的父亲从万人敬仰的亚运会火炬手，因自己设计的大桥坍塌成了过街老鼠，人人喊打；儿子从父母的娇儿到丧失父爱，寄宿学校读书七年，成了教务主任眼中的"坏学生"。随着剧情发展，最终儿子在父亲的"银河补习班"里逆袭成航天员。

马飞的人生之所以能逆袭成为学校的佼佼者、国家的航天英雄，不能不说得益于其父亲坚持不懈这样去做：教给孩子一生有用的东西！

让孩子充满梦想。有人说：人生就像射箭，梦想就是箭靶子，没了箭靶子，拉弓还有什么意义？孩子马飞从小天真可爱、充满幻想，面对浩渺的银河系，有着美好的航天梦，却被学校称之为不务正业的"顽劣"之徒。所谓"银河补习班"就是父亲马皓文通过"补习"，呵护孩子的航天梦想，最终让孩子梦想成真。

让孩子做自己喜欢的事。兴趣是很好的老师。作为孩子的生日礼"足球地球仪"、成人礼"看航展飞行表演"，都是父亲马皓文"银河补习班"里最重要的内容。

永远相信自己的孩子。当学校阎主任片面地认为马飞是"煤球再怎么洗永远变不了钻石"的时候，父亲马皓文却从自己孩子的眼睛里看到了未来航天员的影子，鼓励从不间断。班主任小高老师也注意到马飞"眼里有光"。"坏学生""黑煤球"最终能逆袭成才，除了深化教育改革春风扭转了世俗之风，关键还在于相信的力量，永远相信自己，永远相信自己的孩子，永远相信梦想成真。

教给孩子生存技能，对孩子进行生命教育。教导孩子不要被"分数"淹没，"最重要的是过好每一天每一秒"，做"独立思考"的孩子，遇见洪水来袭，用门板与被单便能做成"木筏"，向安全地带驶来，绝处也能逢生，甚至在太空中也能从容应对排除故障，安全返回地面，向祖国汇报。"我不会认输的。""我是一个很骄傲的人。""每个人都有一座桥，把自己的桥修好是最大的事。"马皓文用自己丰富的人生经历教给孩子生命的力量。在社会中与人打交道的同时，也能始终把自己的意志放在中心位置，积极承担起自己的责任——他拥有这样的一种生活姿态：孤独力。即便陷入生活窘境，受诬陷入狱，成搬砖工做苦力，也要过活自己与孩子，也要支持孩子实现梦想。同时，上诉法院还自己一个清白。栖居悬崖的老鹰把雏鹰毫不留情推下悬崖，旨在历练孩子展翅飞翔的技能，活下来，还要活出精彩。生命是第一要义的，教给孩子生存技能是第一要义的。

电影《银河补习班》以家庭教育为主线，以科学为背景，故事叙述从20世纪90年代到未来的2019年12月，时间跨度三十年。电影希冀告诉观众：做孩子，要有梦想，做喜欢的事；做父亲呢，要教给孩子一生有用的东西：不管身处何境地，都要让孩子充满梦想，让孩子做自己喜欢的事，相信孩子能通过努力实现梦想，同时，对孩子进行生命教育，呵护孩子，成就孩子。

一种规格，一种尺度，以分数论优劣，用分数进行道德绑架，学校（以教务处阎主任为代表）以剥夺孩子兴趣、扼杀孩子天真为手段，仅以考取名牌大学为荣，忽略了学生生动的个性，于是，有孩子疯了。反而，在他看来，高考后孩子们撕毁朝夕相处的书本从教学楼上像雪花飘下来是很正常的。这里暴露的是学校教育中出现的问题。离开电影，现实中还有触目惊心的"跳楼"的孩子，因为不能正确对待高考在人生道路上所处的位置，青春花朵过早地谢了。

可是影片揭示的是孩子（马飞）在学校教育问题没有妥善解决的时候仅凭家庭教育成功逆袭，显然不能令人信服。家校携手共育孩子成长，已成为当今现代教育普遍的共识。家庭教育（补习）固然重要，如果没有学校教育做支撑，就很难实现孩子的成功教育，毕竟在孩子的教育过程中学校教育是主体，"银河补习班"再怎么强大最终还是要通过学校教育来完成，完全脱离学校教育的家庭教育（补习）想让孩子逆袭成才是不太可能的。

虽然电影在学校教育（博喻学校）转变的这个点上显得蜻蜓点水，着力不够，孩子逆袭也就像是一部"童话"，但是无论是电影《银河补习班》，还是电视剧《小别离》《少年派》《小欢喜》，时下影视编剧能从宫廷戏特别是清宫戏里走出来，面向教育，朝向科学，这令人感到欣喜。电影虽然讲述父子情，但其实最后落脚在了教育体制上，深度聚焦在教育这个社会热点话题上，正面探讨了不同教育理念催生出的焦虑与冲突。当学校教育沦为"高考工厂"的时候，关乎人才的社会期待，关乎下一代的教育问题就更加凸显，教育改革一直在路上。

（《温州教育》2019 第 11 期）

温州市教育局:

2018 温州民办教育发展论坛（主持稿）

蒋念文等

【开场白】

尊敬的各位领导、各位嘉宾，大家上午好！欢迎来到"庆祝改革开放40周年——温州民办教育发展论坛"现场。

瓯江潮水春来早，民办教育谱新章。

教育要面向现代化，面向世界，面向未来。教育就必须背靠历史，立足现状，道法自然。或许，这也是当年邓小平"三个面向"题词的应有本义。

回顾历史，改革开放40年，温州迎来了继南宋、晚清之后的第三次民间办学高峰。

审视当下，温州作为全国民办教育综合改革试验区，民办教育正在高速路上平稳行驶。

今天，我们相约美丽的温州肯恩大学，在瓯越大地上再一次吹响中国民办教育的集结号！

本次论坛由温州市教育局主办，温州大学、温州肯恩大学承办，并得到了中国教育报、光明网、浙江日报报业集团温州分社、浙江教育报、教育之江、温州日报报业集团、温州广电传媒集团、温州民办教育协会、温州民办教育研究院的大力支持！

我是温州广播电视传媒集团节目的主持人翁逻沿。

首先，请允许我介绍应邀出席本次论坛的领导和嘉宾。他们是：

1. 第十二届全国人大常委会委员、民进中央原副主席、中国民办教育协会会长王佐书先生。

2. 浙江省教育厅副厅长韩平先生。

3. 教育部发展规划司民办教育管理处处长顾然女士。

4．教育部国家教育发展研究中心综合研究部主任王烽先生。

5．浙江大学教育学院教授、博士生导师吴华先生。

6．上海市教育科学研究院民办教育研究所所长董圣足先生。

7．上海市教育科学研究院科研处副处长方建锋先生。

8．浙江省民办教育协会秘书长林晓鸣先生。

——应邀出席本次论坛的本地领导和嘉宾有：

1．温州市人民政府副市长郑朝阳女士。

2．温州市人民政府副秘书长叶世强先生。

3．温州市教育局局长郑建海先生。

4．温州大学校长赵敏先生。

5．温州肯恩大学党委书记、理事长王北铰先生。

6．温州大学副校长薛伟先生。

7．温州肯恩大学副校长郑晓东先生。

8．新纪元教育集团董事长陈伟志先生。

9．翔宇教育集团总校长，温州翔宇中学校长卢志文先生。

——国家民办教育综合改革试点联席会议制度成员单位也应邀派出代表参加本次论坛。这些成员单位是：

市委政研室、市编委办、市发改委、市教育局、市公安局、市民政局、市财政局、市地税局、市人力社保局、市国土资源局、市规划局、市住建委、市法制办、市金融办、市国资委、市审管办、市国税局、市市场监督管理局、市质监局。

——上海市嘉定区作为"长三角一体化"温州一对一合作单位，也派出民办教育代表团参加本次论坛。他们是：……

——参加本次论坛的还有：

1．来自成都、广州等全国各地的民办学校举办者、校长代表；

2．温州各县市区教育局局长、分管局长、民办教育科长，民办教育协会会长、秘书长；

3．温州各县市区民办学校举办者、校长、教师代表；

4．温州市教育局相关处室及单位的负责人。

5. 温州大学、温州肯恩大学领导、相关处室及单位的负责人。

此外，中国教育报、光明网、浙江日报、浙江教育报、教育之江、温州电视台、温州日报等媒体的记者朋友们，将全程跟踪报道。

欢迎你们！感谢你们！感谢你们一如即往的理解、支持和帮助！

【开幕式】

本次论坛共设五个环节：1. 开幕领导致辞；2. "看世界"主题报告；3. "看中国"嘉宾演讲；4. "看温州"主旨演讲、故事演讲 5. "看未来"沙龙对话。首先，让我们进入开幕致辞环节。

温州现有近 46 万中小学生在民办学校就读，占了全市基础教育学校的三分之一。按每年生均教育事业费 1 万估算，每年就为我市节省了至少 40 个亿的财政经费。今天，民办教育不仅已经是全市教育事业不可或缺的重要组成部分，而且也成了温州一张响当当的名片。首先，让我们以热烈的掌声有请温州市人民政府副市长郑朝阳女士致辞！

谢谢郑市长！近年来，温州为各地民办教育改革提供了可资借鉴的理论框架和实践模型，我市民办教育主文件征求意见稿一上网就引发了各地广泛热议，国内媒体纷纷报道，多家民办教育网站还为此专题长篇点评，大家都对温州这个民间办学的先行者充满了期待和向往。

在浙江，省教育厅副厅长韩平被小学生们亲切地称为："韩伯伯"。无论是新课改、新高考，还是学前教育、职业教育，乃至对话小学生谈减负，"韩伯伯"调研的脚步一直没有停息过，对于浙江民办教育，韩平副厅长又会有怎么样的调研体会，下面有请浙江省教育厅副厅长韩平讲话，大家欢迎！

谢谢韩厅长对温州民办教育工作的肯定和勉励！下面，有请教育部发展规划司民办教育管理处处长顾然致辞。

谢谢顾处长对民办教育健康发展所做的阐述。为温州见证历史，为中国创造样本。下面，有请中国民办教育协会会长王佐书致辞。

谢谢王会长！正如王会长所肯定的，温州以"1+9"新政策文件开启了民办教育的新政新法，温州民办教育将开始谱写新的篇章。在这里，我们希望温州政府及其相关部门继续创新扶持政策，赋能民间资本，激活办学动力，从而达成"精准扶持，规范管理，提高质量"的办学目标，促进温州民办教育的健康发展。

刚才各位领导嘉宾的讲话，既让我们看到了改革开放 40 年以来民办教育的发展成果，更让我们对民办教育的未来发展充满了期待和憧憬。

站在中国改革开放四十周年这个新的起点上，民办教育的未来之路该如何走？在接下来的论坛议程中，我们将通过看中国、看温州、看未来三个环节和大家一起探讨！

【看世界，知宗旨之不变】

于教育世界而言，教育最基本的作用就在于，让每个人无差别地拥有独立的精神、自由的思想、平等的人格。

【看中国，知文化之所宗】

两千多年前，孔门私学作为我国民办教育的鼻祖，杏坛讲学所授之人多为有心向学的贫寒子弟，从而让平民教育从可能变成了现实。今天，中国民办教育将何去何从？让我们一起看中国，知文化之所宗。

有请浙江大学教授吴华先生，他演讲的主题是：中国民办教育的昨天、今天和明天。

谢谢吴教授！百年前国父孙中山说，知难行易。今天，这恐怕依然是中国的主要问题。中国教育需要来自民间、来自市场的生命活力，更需要全社会对民办教育的正确认知，需要顶层设计，把握方向。

以分类管理为核心的民办教育新法新政，将如何作出顶层设计？如何贯彻落实？正是我们大家关注的核心问题。接下来，让我们有请教育部国家教育发展研究中心综合研究部主任王烽先生为我们作"营利性民办学校的政策制度设计"的主题演讲！

谢谢王主任！我们期待，以分类管理为核心的民办教育新法新政，为我们带来民办教育百花齐放的美好春天！

【看温州，知当下之能为】

看了中国，接下来，让我们一起看温州，知当下之能为。

温州教育源远流长，历史上曾出现过南宋和晚清两个民间办学的鼎盛时期：

南宋以叶适为代表的永嘉事功学派，倡导经世致用，一时书院林立，办学成风。

翔宇花开念君情

晚清以孙诒让为代表的一代志士，绝意仕途，居家兴学，开启了近代民间办学的新风。

改革开放40年，温州民办教育勃然复兴，出现了第三次民间办学高峰。其中，1992年至2010年为快速发展期。在邓小平南巡讲话精神的鼓舞下，温州率先冲破"姓资姓社"的思想束缚和"姓公姓私"的精神枷锁，民办学校如鱼得水，风起云涌。投资多元、形式多样、管理规范的温州模式，成为国内四种最富代表性的民办教育模式之一。2011年至今渐入规范成熟发展期，随着分类管理政策的落实，温州出台了3·0版本的"1+9"政策新体系，这必将开启温州民办教育的新篇章。

现在让我们有请温州市教育局局长郑建海先生发表主旨演讲。他演讲的主题是：新法新政下温州民办教育的创新与突破。

让温州民办教育更规范、更优质、更有特色，继续走在全国前列。感谢郑局长的精彩分享。如果说，温州民办教育是一辆行驶在高速公路上的汽车，那么温州出台的"1+9"新政策就相当于——

为它装上了发动机，即支持民办学校自主招生收费，明确了市场化定价收费的政策导向；

为它建好了加油站，即确保财政补助奖励民办学校，并强化了精准扶持；

为它绘好了导航图，即通过学校办学水平星级评估促进优胜劣汰，让市场成为民办教育资源的主要配置方式；

为它修好了服务区，即以分类管理为核心出台加强党建、分类登记、选择登记、退出办法、教师队伍建设与管理办法、规范管理与信息公开办法等配套文件，进一步改进并完善服务区的功能。

接下来我们要请出的这位演讲嘉宾，是新纪元教育集团董事长陈伟志先生。他是温州市平阳县鳌江镇人，从1996年创办第一所新纪元学校开始，从无到有，从小到大，从少到多，从弱到强，一路走来，现在已经在浙、沪、鲁、渝、蜀等五个省市拥有了12所上规模的学校。这是活跃在温州民办教育大海里的一朵绚丽浪花。在此，让我们一起聆听新纪元的办学故事——"开辟集团办学的新纪元"。

感谢陈董事长的故事分享！我刚刚知道，陈董事长还是我们的国家督学呢。在这里，我们感佩于陈董事长执着的办学情怀和对教育的远见卓识！

教育需要"公平"，也需要"效率"；教育需要"均衡"更需要"差异"。

兼顾"公平与效率""均衡与差异"的最优法则就是"底线+创造"。2017年浙江省人民政府副省长成岳冲调研翔宇中学时卢志文向他汇报了翔宇人基于民办教育的思考。对于中国民办教育改革的"温州模式"，"有、管、评、办"分离学校体制创新案例，他解释为"有，即校舍产权他有；管，即政府依法管理；评，即社会第三方评价；办，即办学主体独立办学"。

下面，有请翔宇教育集团总校长卢志文先生讲述"翔宇的温州实践"。

谢谢卢校长！在办学人眼中，翔宇中学是一个教育梦想；在学生和家长眼中，翔宇中学是一所绿色学校，是一座博物馆；在考察团眼中，翔宇中学是一个改革样板；在媒体眼中，翔宇中学是一条"大鲇鱼"；在政府眼中，翔宇中学则是一位模范生……

【看未来，知目标之可期】

看世界，看中国，看温州，当成绩都已经成为过去，未来更成为所有人的期待！民办教育的未来之路该如何规划？接下来，我们马上进入本次论坛的沙龙对话环节——看未来，知目标之可期。

有请沙龙对话领导和嘉宾：

教育部国家教育发展研究中心综合研究部主任王烽先生。

浙江大学教育学院教授、博士生导师吴华先生。

上海市教育科学研究院民办教育研究所所长董圣足先生。

上海市教育科学研究院科研处副处长方建锋先生。

浙江省民办教育协会秘书长林晓鸣先生。

这是一场见证历史的教育盛典，这是一次见仁见智的思想交锋，这是一个面向未来的群英聚会。各位嘉宾请入座对话席！

【现场对话：各位嘉宾从各自角度谈民办教育的未来之路该如何迈出？】

【现场互动交流：各位现场来宾有什么样的观点要和台上的嘉宾交流，请举手示意我。】

1. 王烽：

王主任，您好！分类登记是新政的一大亮点，对两类学校的上市途径和要规避的风险您有什么建议？另外，营利性幼儿园与普惠性幼儿园能否兼容？

2. 吴华：

吴教授，您好！您认为中国民办教育最成功的办学模式有哪些？前段时间报道的 21 世纪教育研究院托管淳安县富文乡中心小学被杭州市教育局确定为农村学校整体提升综合改革首个试点样板校，您认为这种模式可否推广？

3. 董圣足：

董所长，您好！请问温州教育国际化从哪里突围？

4. 方建锋：

方处长，您好！请问温州有许多委托管理的学校，如何真正实现管办评分离？

5. 林晓鸣：

林秘书长，您好！请问协会在民办学校规范办学过程中如何发挥作用？

6. 戚德忠：

戚局长，您好！请问温州新政对引进品牌有重奖，对打造本土品牌有什么措施？

【请上海教育科学研究院民办教育研究所所长董圣足教授为本次论坛作总结发言】

【结束语】

雁山云影，瓯海潮踪。在这里，我们演绎民办教育的光荣与梦想，探索民间办学的方向与道路，展现民办教育的魅力与价值。

看世界，知宗旨之不变；

看中国，知文化之所宗；

看温州，知当下之能为；

看未来，知目标之可期。

我们一直相信，未来比历史更激动人心。

让我们的心，随着温州民办教育改革发展的脉搏而跳动；

让我们的脚步，跟着时代发展的步伐而前行；

让我们用一个声音，共同祝愿温州教育的明天更加灿烂辉煌！

"庆祝改革开放 40 周年——温州民办教育发展论坛"论坛到此结束。

感谢各位领导嘉宾拨冗莅临指导！

感谢民间办学者、校长们的辛勤付出！谢谢大家！

（2018.12. 蒋念文受温州民办教育处特邀承担起草论坛主持稿任务，借此用了 299 个字介绍了"翔宇"，宣传了"翔宇的温州实践"）

校长篇：梦想照进现实

　　他怀揣教育梦想，步履愈来愈坚定：办一所"心目中的好学校"。和整个世界站在一起，让校园成为汇聚美好事物的中心，无限相信师生的潜能，教给孩子一生有用的东西，让师生过一种幸福完整的教育生活。他说：翔宇是一份事业的名字，我们优雅地劳作，追求诗意的教育生活。

把梦想植于月亮上，
即便是掉下来，
也会在云朵上。

抛弃生活中的种种，
与其他，
只剩下——
昂首、向上、挺立、泰然。
于是，你的世界——
一串串璀璨的笑脸，
空气中弥漫着阳光的味道。
时光里写满了幸福，
一片广阔的天空下，
创新、创意、创造。

——《念文的诗 2017 微信书》

卢志文：办一所心目中的学校

首先，感谢县委县政府开放开明，2012年面向全国公开招标瓯北高级中学办学主体，这是翔宇结缘永嘉的原始，也感谢专家组的14位评委，对翔宇办学实力的肯定，全票选择翔宇，这是我们决定做这个项目最重要的理由，感谢各界领导和社会各界人士两年多对翔宇高度关注、充分关心、鼎力支持，这是翔宇中学快速成长最有力的保障。

翔宇教育集团，它创立于1999年，翔宇是周恩来的字，1999年，翔宇的第一所学校，淮安外国语学校，在周恩来家乡建成开学，于是我们把这份事业起了一个名，叫翔宇。2007年的时候，实际上学校的师生数就已经达到了五万人左右，历经多年的经验，在品牌运作、学校管理上已经形成了自己突出的发展优势，形成了先进的办学理念和高水平的办学业绩，成为中国民办教育行业表率。翔宇集团是中国民办教育协会首批副会长单位，连续多年被媒体评为"全国十大品牌教育集团"。我经常说这样一句话，"楚州扬州荆州苏州温州，与州有缘；幼教小教初教高教职教，有教无类。"翔宇教育集团从幼教、小学、初中、高中，到职高，一直到高职，我们是实行全覆盖，翔宇的内涵发展，我用这样子两句话来概括"筚路蓝缕，风雨如磐，创新谋发展；制度为纲，文化立魂，质量夯根基"这是我们立校之本，也是我们发展之本，下面这些图，都是翔宇学校的场景，分布在江苏的淮安、江苏的扬州、湖北的荆州，以及浙江的温州，翔宇的校园都很美，我们特别重视硬件建设，让每一块墙壁都说话，就是要让每一个建筑都能够具有教化功能。

翔宇教育在永嘉，要从办世俗的好学校到办我们心目中的好学校，因为过去的日子里，翔宇办了很多世俗的好学校，得到了家长、社会的肯定，他们分数很高，社会口碑良好，但是我们认为，在中国办教育还要有更长远的眼光和更高的追求，所以当我们有机会在永嘉办学的时候，我们也给自己设定了另一个更高的目标，不仅要办一个世俗意义上的好学校，更想办一个我们心目中的好学校。我们心目中的好学校，它应该是，中国办学体制改革的示范学校，它应该是浙江基础教育、职业教育、民办教育窗口，是温州家长热心向往的名牌学校，更应该是促进永嘉教育事业发展的本土学校。

理想的翔宇，从办学的目标上来说，为成功而教育到为幸福而教育，翔宇追求绿色 GDP，也就是我们追求的教育质量，包括三点：学习性质量，为学生终身学习奠基，关注孩子今天走得快不快；发展性质量，为学生终身发展奠基，关注孩子明天走得远不远；我们更关注生命的质量，为孩子的终身幸福奠基，关注孩子每天过得好不好。换一句话说，翔宇的教育质量不仅体现在每年的升学排行榜上，还要体现在每个孩子的发展后劲上，更要体现在每个孩子阳光灿烂的脸上。教育是万里长跑，人生是一场马拉松，只有短跑才有抢跑技术，所以当我们教育人喊出不让孩子输在起跑线上的时候，我们的心是羞怯的，这其实是一个长跑的战略，我们没有见过马拉松比赛，在第一圈就让孩子跑得上气不接下气，所以翔宇明亮地喊出为孩子明天的发展奠基，关注孩子明天站得远不远，是我们教育追求更加高远的一个标志。尽管，今天的教育功利，让孩子在小学，甚至在幼儿园就让孩子负担很重，是的，那些孩子们没有在起跑线上输掉，但是他们很多人却倒在了离起跑线上不远的地方，那不是我们要的教育。

理想的翔宇有"三化"，那就是"优质化"让孩子追求满分，感受满意，体验满足，学校要充满创意、创造，让学生在这里成人、成才、成功。"特色化"就是无限相信师生的潜能，教给孩子一生有用的东西。"国际化"，就是开展国际合作、交流，着力发展素质全面、思想解放开拓的现代中学生，在地球村生活，做地球的主人，和整个世界站在一起。他们志存高远，心胸远大。我们曾经说，翔宇的孩子日后哪怕扫马路，三个人一组，翔宇的这个孩子也应该是组长。

硬件过硬。以学生为中心，让校园成为绿化、美化、净化和教化的功能，学校投资 3000 余万元，购置最先进的教育教学设施设备，引进高质量教师人才，开阔学生视野，提高学生素质，关注学生生活保障，120 间教室，756 间宿舍，均安装空调，宿舍有独立卫生间，提供热水和免费的洗衣服，学校的生活条件在目前处于领先。

队伍精良。关于队伍，我们实行精简，我们建设教师队伍的总体原则是个体素质较高、群体结构合理和富有创新精神。现有专业教师 356 人，其中有永嘉籍的教师目前是 55 人，我们从全国各地引进了大量优秀教师到永嘉来，再有就是从集团各校抽调骨干教师，其中特级教师 3 人，高级教师 58 人，这是永嘉近年来最大的人才引进。

管理精致。通过服务建立信誉，通过信誉吸引生源，通过生源留住资源，通过资源实现发展。这是翔宇事业发展的逻辑，这里的重点是服务，学校的上帝是家长，翔宇人的换位思考：假如我是孩子，假如是我的孩子。建立了服务体系，教师为学生服务，学校为家长服务。如果说我们学校不给家庭提供服务，那么学校存在的意义在哪里？我们视质量如生命，视家长如上帝，视学生如亲子，这是我们的服务承诺。不接受家长宴请、不接受家长礼物、不利用家长是我们的职业操守。

我们创立了导学案制度和作业制度，我们创造了我们例会制度和图书管理制度。比如我们的例会和一般的学校是不一样的，每一个板块都进行了分工，艺术鉴赏提升品位，道德建设净化心灵，教育论坛武装理论，时政速递开拓视野，交流工作指路脚下。

成绩优异。没有分数今天过不了关，只有分数明天过不了关。我们不可能办一所没有分数的学校。如果我们不能把我们的孩子送到更好的高级学校去，我们说未来的孩子会很好，没有人相信。所以这所学校是既有学习技能又有发展技能，更有生命技能的学校。虽然这三个追求非常困难，但是不管多难，我们都一定要接着走，办学两年多来，我们已经看到了可喜的成绩，2014 年全国初中数学竞赛，我们有 99 人获奖，其中 48 人获国家级奖项，2015 年初一年级陈一茹等 9 位同学获全国一等奖，整个温州市总共 17 个全国一等奖，我们一所学校就占了 9 个，这只是一个侧面证明我们的努力是有成效的。高中，我们还没有进行高考的检验，但是高中 2015 年一月，高三在永嘉期末联考，我们"一本"上线率达到了 233 人，这个数字是让我们非常惊讶的，温州市高三"八校联考"，一本上线率达到 335 人，我们一共 640 人，这个成绩是了不起的，当然我们还要进行艰苦的努力，期待高考的时候也能有这样子的成绩，向全市人民交代。

收费合理。翔宇的收费是合理的，在整个温州同类学校里，民办学校里是中等偏下的，高中有一半学生是公费的。

成效初显。我们学校办学之前，永嘉每年都有大量的本土学生流失，办学之后这个现象得到了遏制。

文化森林。一所好的学校不可能只抓升学率，所以我们下大力气做资源建设，大家看到了我们的昆虫馆，看到了我们的贝壳馆，我们还有中华灯谜艺术馆、王羲之书法教育馆，还有生命教育馆，都在建设当中，下个月有六个馆开放。为什么要建这些馆？就是要在校内构建以学生为中心的学习资源，教育的进步，就是理念的力量、结构的力量和科技的力量。

教育进步。我们认为观念的思维方式变革，永远比技术的手段变革更高级，当你一直无法推开一扇门时，不妨拉一下试试，政府投资建设，面向全国招标办学主体，然后交给民办学校通过公私合营的方式去办优质学校，这就是思维方式的转化。翔宇有自己的价值链，那就是翔宇的存在必须对每一方都有价值意义，翔宇能实现自己的价值，我们一定不会辜负人民的期望。这是我们的承诺，也是期望。（本文根据 2015 年 11 月 5 日卢志文总校长在永嘉县民办教育现场会上讲话录音整理）

卢志文：和整个世界站在一起
做幸福完整的现代中国人

2015 年 5 月 14 日下午四时许，温州翔宇中学校长、翔宇教育集团总校长卢志文在运动馆给初一全体师生作了题为"和整个世界站在一起，做幸福完整的现代中国人"的演讲。他一走进体育馆，现场就响起了热烈的掌声。演讲时，他不时穿插诠释内涵，引述案例，讲述故事，同学们不时拿出笔记本放在膝盖上做听讲笔记，老师们大多站在队伍后面聆听演讲。

做人、做中国人、做现代中国人、做走向世界的现代中国人

卢总校长的演讲从温州翔宇中学的校训"做走向世界的现代中国人""和整个世界站在一起"开启，"我们在哪里，世界就在哪里""文明靠我们去创造，因为努力可以做到。"

一个什么样的中国人在世界上是可以允许的？随着交流范围的扩大，做什么人显得特别重要。

卢总校长说，一个人的活动范围是不一样的，有的活动于国与国之间，有的活动于省与省之间，有的活动于县与县之间，有的活动于乡与乡之间，有的活动于村与村之间，但人希望范围越来越大，如果我要问你们长大之后是希望只往来于国与国之间呢，还是村与村之间呢？我想没有人回答：我只活动于村与村之间，你们都希望往来于国与国之间，最后往来于星球与星球之间。但是一个人活动的范围是跟他的知识成正比的。发展的不平衡是这个世界的常态，那么要怎么做一个走向世界的中国人呢？大致说来，做一个脱离低级趣味的高尚的人，一定要做一个受人尊敬的中国人。

接着他列举三个反面的案例：把"到此一游"连同自己的名字一起刻在埃及 3500 年前金字塔文物上的那个 15 岁中国小男孩、随地吐痰的个别中国人、因精神分裂症被遣返的留美博士后——"除了学习，我什么都不会"。他们都不是

"幸福""完整"的中国人。

乐于分享，善于沟通，服膺真理，善于承担，敢于创造

如何做完整的幸福的翔宇人？

卢总校长说，首先要认识现代社会，了解发展趋势。现代社会已经由体力向智力、中国制造向中国创造、竞争向合作转变。发展趋势：教育终身化、社会学习化、发展个性化、人才多元化等。在此，他解读了"学生"与"知识"的深层内涵。

学生＝"学"＋"生"。

"学"作为名词来讲是"学问""学生"，作为动词来讲是"学习""提问"。"生"，生的，不熟的；生疏的；"产生""生产"。所谓学生就是不断地把"生疏的"通过发问质疑变成学问。

知识＝"知"＋"识"。"是什么"是"知"，其他都是"识"；"读万卷书"是"知"，"行八方路""交八方友"是"识"；"识"比"知"更重要。

卢总校长阐述了合格的地球村村民应具备的品行：乐于分享，善于沟通，服膺真理，善于承担，敢于创造。"在真理面前没有权威""信任是一种力量""相信世界是美好的"，不能"忘记自己是一个独立的个体"。

卢总校长这样叙述——主动承担，正面的案例：

一个小男孩把邻居家的玻璃打碎了，父亲说，道歉你自己去说，费用我暂时帮你付了，先欠着，因为你现在还没有赚钱。结果这个孩子整个假期都努力赚钱，把欠下的15美元还了。此人就是后来的里根总统，就因为他勇于担当，后来人民把国家交给他来治理。

卢总校长这样叙述——不敢承担的反面的案例：不想参加高考的故事，告诫同学们不要把父母的爱当成要挟。

我就遇到这样一件事：有一年高三，高考前几天，一个家长给我打电话，哭着对我说"我的儿子发飙，说不要参加高考"，被儿子气得不得了。我听了很难受，你说明天要高考，你这小子不参加高考。你说为了高考，他的爸爸妈妈盼了多少年啊，吃了多少苦啊，你知道是什么原因吗？他说爸爸妈妈在家里唠叨，然后跟爸爸妈妈发飙不考了。爸爸没有办法，我说你把孩子叫到我办公室里来，孩子来了后我不跟这小子说，因为他不知道好歹，我跟他爸爸妈妈说，我说我今天心情特别好，我终于看到独立自强的孩子，他太伟大了，他居然不参加高考，为

什么，十八岁的孩子完全可以独立生活了，爸爸妈妈已经把你养成十八岁了。他不参加高考了，应该鼓励他。这个孩子万一参加高考，万一被他考上了，你们每年要花费好几万呢。他不高考，就省下了十几万。你们现在忽然一下子多出十几万，干吗要不高兴呢？你如果不知道怎么花掉这些钱，我倒有个办法，西部有好多孩子因为家庭困难失学，如果资助三千块就可以帮他读完公立高中，我帮你找十个孩子，男孩长得很帅，女孩长得很漂亮，成绩都是很好的，更重要的是他们都特别孝顺，然后，这样你就是世界上最幸福的人，因为你有一个懂事的孩子，不参加高考。好，马上就有了五个干儿子五个干女儿，他们是那么的孝顺，因为没有你的资助就不能顺利完成学业，所以你就是幸福的人。最后，那个小孩子不肯走，我问为什么呀？他说："卢校长我要参加高考。"

去"妄心"，去"躁心"，始于"正心"，万事德为首

立志，立大志，立长志，而不是常立志。"为中华崛起而读书"这是12岁周恩来的远大志向。"翔宇"就是"周恩来"的"字"，我们要向周总理学习。

"各按其时成为美好"

互动环节，有三个学生分别就"社团""学生银行""男女生交往过于亲密"等问题请卢志文总校长"支招"，卢总校长一一回复。对于"男女生过分亲密"，卢总校长回答了三点：首先不要太在意这件事，其次要有个度，这个"度"其实都在每个人心中。我不太赞成早恋，神造万物，"各按其时成为美好"，揠苗助长不可取。

卢志文：追求诗意的教育生活

* 有为，我们要努力地干；无为，我们不要把自己干死。

* 诗意的教育生活还需要宽容，那宽容的宽度就在有为与无为之间。

* 诗意的生活应该从劳作中去寻找，充满梦想的，充满爱心的，有能力帮助别人的生活。

* 我们于"有为"中寻"无为"，"无为"中真"有为"，然后我们把教育生活过得有意义有意思，在诗意的生活中去创造我们的辉煌。

2015 年 5 月 18 日下午四点，像往常一样，温州翔宇总校每月都有一个重头戏，即全体教师例会，温州翔宇中学高中部、初中部，永嘉翔宇小学教师如约而至，相聚在温州翔宇中学弘景楼报告厅。卢总校长分享诗意的教育生活，以及自己对教育的有为与无为的独特理解。

什么是诗意的教育生活呢？

卢总校长对诗意的教育生活的解读："一场大堵车，我们是什么心态呢？你会觉得无能为力，改变的可能只是别人；再换位思考前面车上的人也还是想：只要别人改变自己才能改变。最后，你会发现每个人都成为别人当中的别人。但是真的是这样吗？每个人的微小的不安的躁动都会增加疏堵的难度。只能从自我做起，当所有的人都遵守交通规则的时候，你会发现堵车的可能降到最低。在我们这样一所学校，你说想让我们无为，可能吗？因为走得太远我们常常忘记因什么而出发，所以我们要停下来思考，今天的例会主题很好，给这次例会点个赞。"

"诗意的生活一定是有意义有意思的生活。有意义有意思的生活一定是快乐的幸福的生活，四个最快乐的例子，一个刚刚完成作品的艺术家在欣赏自己作品的时候最快乐，这说明劳作才会快乐，所以诗意的教育生活必须从劳动中去找。正在用沙子做城堡的儿童最快乐，说明了人要有梦想，对未来充满希望你才会快乐，所以诗意的教育生活必须是有理想的生活、有目标的生活。为婴儿洗澡的母亲，她是最快乐，它告诉我们心中有爱是最快乐的；孙子骑在爷爷头上撒尿都不会生气，为什么？因为心里有爱。为什么我们会纠结，我们会痛苦，是因为我们心中的爱少了。第四个是经过千辛万苦之后终于挽救了危重病人的医生是最快乐的，为什么呢？它告诉我们人有能力帮助别人并且已经帮助了别人这样的生活才是有意义的快乐的生活。所以诗意的生活应该从劳作中去寻找，充满梦想的，有能力帮助别人，并且充满爱心。"

如何把握教育中"有为"与"无为"的度呢？

卢总校长话锋一转，说："诗意的教育生活还需要宽容，那宽容的宽度多大才算宽呢？我说就在有为无为之间，太有为就太执着，太无为就太虚伪，教育有时候需要空白，就像中国画一样需要留白，总是在'有为'与'无为'之间，总是在'有'与'无'之间。讨论的意义恰恰于此：宽容。当你有为时孩子受不了，那孩子会疯掉；当你放羊无所谓，你们之间还有师生关系吗？所以不是两个极端，它一定是两个极端之间的宽容。宽容，它有时候又叫糊涂，其实糊涂是一种宽容，一种从容，一种更高智慧——难得糊涂。孔子发现了糊涂，他取名叫中庸；老子发现了糊涂，他取名叫无为；庄子发现了糊涂，取名叫逍遥；墨子发现了糊涂，取名叫非攻；如来佛发现了糊涂，取名叫忘我。有些事情问得越清楚越是无趣。我们的教育，我们的管理都应该有个度，管理得没有任何空间，不行！但是管理管得太松没有任何要求，也不行！你虽然无法改变天气，但是你是可以改变自己的态度。我们于'有为'中寻'无为'，'无为'中真'有为'，然后我们把教育生活过得有意义有意思，在诗意的生活中去创造我们的辉煌。所以，有为，我们要努力地干；无为，我们不要把自己干死。"

老子说，无为即有为。这是一种很高的境界，如果可以在教育过程中实现，既是为人师者的荣幸，也是为人生者之福气。无为是为了有所大为，教育是一种润物无声的渐染，不是疾风暴雨般的荡涤；是一种春风化雨的感化，不是强权高压下的灌输；是一种顺其自然的发展，不是千人一面的雕琢，唯其如此，才会有真正意义上的诗意的教育。

诗意，是一个教师来自内心深处的精神追求，是教师内在修养的自然流露。教育的诗意在你我在一起的每一个瞬间，点点滴滴沁在心里，你如果愿意记住这些平凡而温暖的一切，那么你就有可能因为诗意爱上这个职业。做一个有生命质感的老师，做一个有诗意情怀的老师。

卢志文：翔宇教育坚定地朝着问对精神

2015 年 7 月 17 日，第一线全国教师高级研修班第八期在温州翔宇中学开班了。《读写月报 新教育》杂志主编、第一线教师专业发展研究中心主任李玉龙宣布开班，新教育研究院名誉院长、翔宇教育集团总校长卢志文讲话时表示："翔宇教育，一定朝着问对精神方向努力，这是坚定的。"

7 月 18 日上午，卢总校长给黄埔第八期研修班学员做了三个小时题为《教给孩子一生有用的东西》的专题讲座，强调"教育是一种服务"。

问对精神，即教育精神

是一种什么精神让我们如此执着，我一直在想这个问题。"问对"这两个字是玉龙提出的，当初他在做自己的咨询机构时想到了这两个字。"问对"这两个字是两个极好的字，大家知道《唐李问对》是一本军事的书籍，又名《李卫公问对》，它是唐太宗李世民与李靖一问一答的形式写成的。这里的"对"是什么？是"对称""应对"的意思，是一种策略。由此我想到了诸葛亮的《隆中对》，你看那个"对"，是一种对形势的预测的把握，是一种对路径与战略的选择，那都是高人。玉龙在给自己的团队起名字，我认为漂亮，我认为这是一种天然的咨询公司的名号。而且有非常深厚文化传统底蕴。所以李玉龙是用一句话讨生活的人，他居然用一句话变成了一单生意，一个产品，他给许多学校搞策划，他就是靠卖一句话活着的人，太牛啦。我说：玉龙，"问对"不仅是一个咨询公司的名称，它还是一种精神，问，发问，提问；对，是对话，是回答，但是从"问答"到"对话"是一个巨大的升级，今天是一个对话的时代。其实是一个底蕴深厚，甚至是超前的，把问对精神引入到学校，它极大激发学生主动学习的能力。孔子的《论语》就是问对、问人、问理、问政。苏格拉底的辩论方式，犹太人家庭教育中的平等对话。问对精神是一种教育理念、一种生活状态。

教给孩子一生有用的东西

卢总校长首先追问教育：路在何方？教育人的纠结：教学围绕应试，课堂挪移知识，评价只看分数，存在做题、作秀、作假的问题。宛如一场世纪堵车，每个人都"总认为责任在别人，希望改变的是他者。其实，每个人正是别人眼中的他者。"

接着指出：改变——没有想象的可怕。拿"生产队模式"与"翔宇选课走班"进行比较。

没有生产队，没有吹口哨集体上工，没有整齐划一的号子，没有扣工分，农民种田的效率高了还是低了？选课走班的启示：班主任和任课老师的监督少了，班集体的荣誉感淡了，来自班级的考核少了，学生的状态怎样？为班级学还是为自己学？

阐明教育的进步的内涵。教育的进步包括：教育内涵价值的提升，教育体制机制的创新，教育内外技术的进步。教师不能仅仅是个"参观向导"，卖一辈子的"关子"，要不断地学习。

提出转变观念是关键。教育变革总是在质疑中前行，就像一场关于自行车和汽车的困惑和争论：汽车没有链条怎么可能把动力传给轮胎？汽车费钱，占地、有污染、高危险！我们习惯自行车，不需要了解汽车！开汽车的人无非想出头！有一次赴宴，我发现开车的都没有骑车的早到！……"不做无所谓的争论：已有无数成功的案例，无须重新试验去证明。不是要不要改变、能不能改变和怎样改变，而是如何落实和完善。""懂得原理最好，不懂原理按照说明书操作就行。最怕的是始终无动于衷，永远按兵不动。"

再次明确：幸福完整为宗旨。建设性提出学业素质"三维九基"，即知识、技能、智能；过程、方法、策略；情感、价值、态度。

教育是一种服务

互动环节时，他强调"教育是一种服务"，教师只需做好教育这一件事，把挣钱的事情，交给家长。

卢志文：让我们优雅地劳作

教师最优雅的姿势，是读书；

优雅的生活，一定是快乐的生活；

优雅＝幸福完整，幸福完整的教育生活才是优雅的教育生活；

教师最优雅的姿态在劳作中，优雅是优美高雅，优秀美好，高雅是高尚儒雅……

2015年12月14日下午四点整，翔宇温州总校12月份全体教师例会在叶适报告厅举行，本期翔宇教育论坛主题是"做一个有素养的教师"。翔宇教育集团总校长卢志文作了《让我们优雅地劳作》的讲座。

"教师最优雅的姿态在劳动中，优雅的教师不仅具有精湛的专业技能、高超的实践智慧，还具有独特的人格魅力和深厚的人文情怀。"卢志文总校长阐述，"教师素养＝素质＋修养，教师素质包括职业理想、教育信念、教学监控能力、教学行为、学生发展、知识结构几方面，教师的职业理想是其献身教育的根本动力，知识是从事教育工作的前提条件，教育信念是其从事教育工作的心理背景，教师的自我监控能力是其从事教育活动的核心要素。""优雅是一种状态，不分八小时内外。"同时，引述叶澜的话"教师是一种使人类和自己都会变得更加美好的职业。教师以其创造性的劳动去实现自己的生命价值，并在创造性的劳动中，享受因过程本身而带来的自身生命力焕发的欢乐。"来印证教师的优雅生活。

卢志文上书房"行走"谈校长核心素养

植树节那天，"上书房""校长""卢志文"汇集在一起……

上书房那么小小的一个空间，这么一群人，希冀"从苍南出发，以世界的视角看中国"。一个校长承载了几千孩子的期望。他们也有很多的困惑，比如说什么是校长的核心素养，校长什么样的治学哲学是好的。谁来解答？卢志文：上书房，我来了！

2016 年 3 月 12 日星期六，翔宇教育集团总校长卢志文赴苍南龙港五小、灵溪上书房"行走"，与龙港五小余立群校长及领导班子进行了座谈，之后赶赴灵溪做客上书房，应邀作公益讲学，解读《校长核心素养与学校治理哲学——从管理到领导的策略与机制》。来自苍南等地的校长及教育界的朋友济济一堂，零距离感受卢志文校长的治校之道，一睹全国知名校长卢志文的演讲风采。原本限制在 40 名报名人数的讲座，一下子来了五十几位，楼梯上都坐满了听讲的人。闻悉卢志文校长讲座资讯，江苏盐阜中学校长王军头天（3 月 11 日）晚上驱车千里赶赴苍南参加第二天在上书房举行的"校长素养"讲座，他激动地说卢总校长要说的东西正是我目前急于要找的答案。互动环节时一位旁听的律师起身问卢志文总校长如何当好管理上的"道家"。

"持续努力，用心做事，就一定有一个好的结果。现在你们'珍珠'有了，散落在学校的方方面面，接下来就是如何把它串起来，有了'项链'这个核心理念，再深开发去，就像大树一样扎根下去，它有主干，然后就蓬勃地生长起来。"面对拥有 49 个班级、2400 多学生、119 名专职教师的温州市现代化学校——龙港五小校长余立群的介绍，卢志文总校长发表了自己的看法，对学校开展的足球校本课程给予充分肯定。

"做着一件事，谈论一件事这是比较难的。既然是到了书房里我们就放下心谈谈。校长是一个高危高难的职业。校长到底要什么，有什么。社会对他期望值高，往往要求过高，底线不保。从造神与犯浑之间，底线要守住。"卢志文总校长演讲说，"校长首先是一个好人，其次是一个好老师，第三是一个好干部，然后你才有可能成为一个好校长。校长的核心素养应该是好人、好老师、好干部的交集。一个成功的领导层次高低，个性如何，都应该扮演四种角色：远景领导者、价值领导者、变革领导者、潜能领导者。"

卢志文：用行动铸就教育

"一个人可以走得很快，但一群人会走得更远。"

"相互抱团，相互取暖，相互鼓励，相互挽扶……"

"一个温州只是一个例子，一百个温州就会诞生一个制度。"

2016 年 5 月 3 日，华晟教育会成立仪式暨首届华晟教育论坛在温州翔宇中学举行，新学校（北京）教育科技研究院局长陆世德主持成立仪式。翔宇教育集团总校长卢志文作为轮值主席在论坛上分享了《变革的力量》。本届论坛由华晟教育会（筹）主办、温州翔宇中学承办、温州民办教育研究院协办。

"今天我们所处的时代，'变态'是常态。观念和思维方式的变革，永远比技术和手段的变革更重要；当你一直无法推开一扇门时，不妨拉一下试试。"卢志文总校长说，"教育的进步彰显的是：理念的力量、结构的力量、科技的力量"，指出"筚路蓝缕，风雨如磐，创新谋发展；制度为纲，文化立魂，质量夯根基"就是翔宇教育的真实写照。

北京天真蓝教育传媒 CEO 李斌主持上午的首届华晟教育论坛。"我参观几个博物馆的时候我就深深感受到，这是人文性与科学性的一种美好的结合，"宁波滨海教育集团国际部部长张朝霞分享《古典、现代与国际融合的教育》时感慨，"第一次来到温州，我觉得民办教育还是非常有希望的。"潍坊峡山双语学校执行校长王守海分享了《办有价值的学校》，"魂要附体，重要的东西要看得见，提倡的东西设在动线上，学校建筑要承载文化。"北师大郑州创新实验学校校长王昌胜分享了《立足当下，办有未来的学校》。

温州市教育局民办处副处长陈长河主持下午特邀嘉宾专题演讲会。"民办教育分类管理，应该回答'为什么要分、怎么分、分了以后怎么管'三个问题。"温州市教育局副局长戚德忠的《观念的水位——温州模式的探索与思考》解读了"温州模式"的"分类法"，提出了几点思考：民资和教育，究竟谁更需要谁？公共财政，是不是只能姓公？民办学校为何留不住好师资？办学是投资还是捐资？改革要从现实出发还是从理念出发？明确民办教育的改革归根结底是观念的创新，观念是有水位的，观念的水位上去了，制度也便"水涨船高"。

清华大学驻校创客导师江学勤英语演讲《我对未来教育的设想》。"学校实行权力多元主体，学校实行分权制治理结构。"北京十一学校党总支副书记张之俊以"建立分权制衡的治理结构"为题解读了《北京市十一学校章程》。

互动环节，大家畅所欲言，围绕"分类管理"等"热词"，有的建言，有的释疑，有的抛出疑难问题让大伙支招。戚德忠副局长、卢志文总校长、温州市教育局民办处处长王永其相继从不同层面给予解答。

卢志文：让教室朝向完美

翔宇是我们共同的金色梦想，而缔造完美教室，就是我们"把这个梦变成现实"的必由之路！

我们的信念：办一所真正意义上的好学校，办一所温州老百姓心目中的优质学校！

2016年9月5日下午，翔宇温州总校教师例会在叶适报告厅，本期主题是"新起点、新目标、新挑战、新机遇"。

"朝向完美，守住自己的教室。"卢总校长与大家分享了《让教室朝向完美》的讲座，从完美教室到班主任，到班级文化构建，最后阐述德育的素质结构。他认为：完美教室，不是达致完美的教室，而是朝向完美的教室、追求完美的教室，更是一种追求教育完美的过程。"教室"就是一根扁担，一头挑着课程，一头挑着生命。班主任是教室里的"国王"，互联网＋教育的时代，教师的外延和内涵越来越靠近班主任。关注教师角色的转变，教师不做"控制者"，做"激发者""开发者""服务者""组织者"。构建班级文化，缔造完美教室，就是要一边关上教室的门，将这个世界的冷漠与暴力拒之门外；一边打开教室的窗，让风带着整个宇宙的信息进来。德育是"正在进行时"，不是上场前的"准备活动"。道德也不是储存在那里等着将来使用的东西，"德育素质结构"包括德知、德识、德行、德性。

卢志文：相信是一种力量

携手同行幸福路，齐心共赴翔宇年。2016 年 1 月 26 日晚上，叶适报告厅歌舞欢腾，场面温馨，气氛欢愉，翔宇温州总校在这里举行了 2016 年年会盛典——"这一年，我们携手遇见幸福"。

"相信是一种力量。这三年，我们相信孩子，孩子才会给我们惊喜；这三年，我们无限地相信我们的员工和老师，所以他们不断地给我们创造辉煌；这三年，我们相信家长，相信社会，所以我们得到社会与家长无私地支持，也因此事业才走到今天。"卢志文总校长的新年致辞从"大鸾翔宇承恩来"与吴承恩《西游记》金猴子讲起，"大鸾翔宇承恩来"，这几个字里面除了周恩来的名字外，还有一个就是《西游记》的作者吴承恩。我们即将迎来的是猴年，猴年也就是翔宇的本命年。卢总深情缅怀两个"123"：2012 年 12 月 3 日获悉永嘉瓯北有这么一所学校项目，2013 年 1 月 23 日，翔宇中学签约的日子，从此翔宇展开一番新的事业。《西游记》是一本教育的小说，唐僧在团队中最没有什么本事，但是他是那个组织的核心，为什么呢？因为他有一个信念，带领他的团队一直向西、向西、向西，把困难踩在脚下，最终取得真经。猴年我们面临初三、高三的毕业，我们要面临中考与高考的检验，但是我们要等待的是那个机会，我们已经看到翔宇学子蓬勃的创造力和强大的竞争力，我们要在中考与高考中展示他们，张扬他们。一个人可以走得很快，一群人才能走得更远。我们信心满满地迎接猴年的到来。

卢志文：翔宇是一份事业的名字

翔宇——这是一份事业的名字，也是一个团队的名字，更是一个大家庭的名字，今天这个名字还是一个品牌的名字，还是一种品质的名字，更是一种行业质量标准的名字。

快乐写满每一张笑脸。这是 2017 年 1 月 18 日晚上，翔宇教育集团总校长卢志文在翔宇温州总校 2017 年会上的致辞，谆谆话语温暖了大家，感染了大家，翔宇人的心靠得更紧了。

"生活的道路与事业的道路，翔宇是一份事业，更是一个家庭，源于投资者的善念，源于教育人的一份愿景，源于老百姓的一种期盼，源于孩子们的一声呼唤，也源于对伟人的一腔怀念，于是便有了一个团队，他的名字叫翔宇。这是一份事业的名字，也是一个团队的名字，更是一个大家庭的名字，今天这个名字还是一个品牌的名字，还是一种品质的名字，更是一种行业质量标准的名字。鸾翔宇内，纵横四海，翔宇人汇集到一起，我们努力为教育发展探路，为体制改革示范，为公益事业张本。"卢志文总校长讲话意蕴深长，谈及国务院最近颁布的两个文件：一个是关于鼓励和发展社会力量办学的，一个是关于营利性民办学校的登记细则。他说："这是人们一直期盼的落地的'靴子'。翔宇人从来没有一丝一毫的纠结，我们其实早已经画出了翔宇发展的图景，因为我们一开始就设定了这份事业是一个非营利的事业。很早董事长就跟我们说过翔宇教育集团所有学校都是非营利性学校，当我看到国务院颁布的细则时就知道翔宇的这个选择是对的。"

卢志文：翔宇就是志存高远

2017 年 12 月 12 日上午，与往常不一样，出现在温州翔宇中学教师发展中心沙龙区的嘉宾不是教育大咖，也不是教育管理者，或者老师，而是一群初中学生。卢志文总校长站在他们前面，手执话筒娓娓道来，与孩子们一起畅谈：什么是志存高远。

同学，你得有一个愿望

愿望是一种力量，卢志文从学校昆虫馆里一张猫头鹰蝴蝶说起，它之所以变成猫头鹰的模样，是源于它内心的一种强烈的愿望，变成天敌（蛇、青蛙）的天敌（猫头鹰）的样子，它之所以能实现这个转变，不是一朝一夕能实现的，需要时间，需要恒定地持续。他希望翔宇学子，胸怀愿望，并能持续勤勉学习。

同学，未来世界需要你们来担当，需要创新 + 勤勉 + 突破

卢志文引用阿尔文·托夫勒的"力量的转移"，从暴力到资本，讲述创新力已然引领世界，马云从最初 18 人的"头脑风暴"到互联网产品（支付宝）的研发就是一个明证。他回顾三次参加世界多哈教育会议，目睹全球教育最新创新成果，心有感触地说："八届无一获奖！一个是表达方式，我们要学会用世界话语体系来表达；一个是原创性、震撼力不够。但是我们有信心。"翔宇教育的创新——学校里的博物馆，翔宇中学场馆式学习；翔宇学子青年创业者陈金尧获李克强总理接见。许多创新故事令他感到十分欣慰。

同学，"翔宇"就是志存高远

"翔宇"是周恩来的字，乳名叫大鸾。12 岁的周恩来就立大志"为中华崛起而读书"，一生为此奋斗，成就了自己，成就了国家。有幸翔宇教育集团以"翔宇"命名，有幸温州翔宇中学以"翔宇"命名！"翔宇"两字本身含有"翱

翔宇花开念君情

翔宇宙"，就是志存高远的意思。作为翔宇中学的学子，我们得分外珍惜这份荣耀。

同学，做"走向世界的现代中国人"

一个人的活动范围，与一个人所掌握的知识量成正比。要拓展自己将来的格局，当下你就必须努力学习，掌握更多的文化知识。憧憬未来，卢志文寄语同学，希望他们以令人尊敬的现代中国人的身份往来于国与国之间，做一名合格的地球村村民，乐于分享，善于沟通，服膺真理，勇于承担，敢于创新。

期间，卢志文还引述李嘉诚 2017 汕头大学毕业典礼致辞《愿力人生》的话与同学共勉："愚人只知道'为'，智者有愿力，把'为'变为'成为'；道力之限，要靠愿力突破；身与物化，意到图成。"

卢志文：成长即成功

"作为温州再出发的一种，温州再创新的一个支撑点，我们需要大脑来引导温州再出发、再创新，教育从这个点开始。"

"上世界名牌大学只是近期目标，更重要的是培养怎样的人。"

"扶持'长板'，营造教化环境，教育要本土化。"

"教育一定是公益的、精神的。"

……

2016 年 9 月 18 日下午，在温州翔宇中学举行的"翔宇青云班"发展座谈会上，来宾们发表了自己的看法。三辰卡通集团董事长、青云学子计划主要发起人孙文华，中科院心理所教授、北京中科青云实验学校校长刘正奎，温州市人大、社科联、科教文卫体，永嘉县人大、教育局的领导，来自温州市的知名作家、画家、书法家、舞蹈家、武术家、专家教授，负责青云学子计划的工作团队等 30 余人参加了座谈会。

关于青云班落户温州翔宇中学，三辰卡通集团董事长、青云学子计划主要发起人孙文华董事长作了说明，一方面拥有机构的资源，加上为家乡做点事的愿望，更重要的是结识了卢志文总校长，卢总校长的办学理念可以让他的梦想落地，确信"星星之火，可以带来光明"。他说："我能做成这件事，背后靠的是机构的力量，像宋庆龄基金会、增爱基金会和中国科学院。利用院士讲师团，加上本土化，加上个性化，再加上导师制，这些结合起来，把大家召集起来，作为温州再出发的一种，温州再创新的一个支撑点，我们需要大脑来引导温州再出发、温州再创新，教育从这个点开始，还是一个点，如果你拿出来过分渲染，又变成荒谬了，因为我们一般的国家教育是公平教育，优质资源大家共享，你提倡精英教育是不行的，但是我们是公益性的正义教育，当农民的子女上升的通道堵塞的时候，我们通过民间的调节来打通，让农民有一个奔头，给贫困的家庭点燃一盏灯。"

中科院心理所教授、北京中科青云实验学校校长刘正奎表示："青云班的诞

翔宇花开念君情

生是基于创新型人才培养，基于教育改革，基于教育情怀。尤其是当今社会家庭教育越来越变成学校教育的影子的背景下，我们与翔宇的目标是一样的，情怀是一样的，从善都是一样的。"

卢志文总校长认为，孙董事长的大教育，与翔宇办学宗旨是一致的，上世界名牌大学只是近期目标，更重要的是培养怎样的人。如果孩子通过自身努力考上了二本，这就是成长，这就是成功。教育即解放，教师即开发，课堂即学堂，天性即个性，成长即成功。

书法篆刻家、华东师范大学书法篆刻专业硕士生导师、西泠印社理事、温州市书法家协会名誉主席张索非常赞赏孙文华董事长，举办青云班是用智慧花钱，这是社会进步的标志。初识翔宇，他认为书法馆就是打开一扇通向书法的正大之门。教育的问题实际上是经典被稀释，教育一定是公益的、精神的，"不要把萤火虫当太阳"。

温州社科联研究员洪振宁在肯定翔宇青云班扶持"长板"营造教化环境的同时，提出教育要本土化。温州市人大原秘书长、温大金融研究院副院长林坚强也强调了本土化，体现"温州的元素"。温州市政协科教文卫体委副主任蒋露平也认为青云班高大上，落在翔宇很合适，但要注意搞好衔接，培养社会有用的人。

永嘉县人大副主任王国强则打了一个比方，"选什么样的菜，选什么样的厨师，就会做出什么样的菜。"

培养什么样的人？孙文华董事长有自己的看法，他提出要着重培养'三心二意'，'三心'即爱心、好奇心、自信心，一个是培养生命的意志精神，第二个是培养意境，学会从上往下看。

市艺术家们愿为"青云班"添砖加瓦，组建"校外讲师团"。温州大学教授张小燕说："我很崇拜翔宇，教育的真诚、平等在这里得以体现，关注寒门子弟，有良心，青云班有可能成为'黄埔一期'。顶天立地，顶天，把它引向世界；立地，使它接地气，具有温州永嘉的符号，翔宇的符号。校内与校外，世界与北京，我愿意成为校外温州讲师团的一员。"温州市作家协会副主席兼秘书长哲贵表示："只要有机会跟孩子沟通，我就愿意来青云班跟他们聊聊。"书法家、温州市书法家协会副主席兼秘书长陈胜武也表示："非常赞赏导师制，可以的话调动我们文联的人脉资源。"体育舞蹈家、体育舞蹈国际A级裁判、音乐剧导演木煜也表态，在舞蹈与话剧方面给予青云班支持。

"小小青云班牵动这么多人的心，青云班给了我们一个好好做事的机会。希望它不仅可欣赏，更要可推广。"卢志文校长最后感谢来宾们各自站在专业的高度上，给予教育领域建议建言。

"翔宇青云班"是由温州翔宇中学与青云学子计划携手合作，基于各自优势资源，合力进行的一次具有公益性的创新办学探索。致力于为温州农村户籍子弟中，家庭比较贫困、学习潜力突出的天资优异儿童提供免费的优质教育，培养其成为品行高尚、具有国际视野、富有人文与创新精神的本土精英人才。首期"翔宇青云班"招生 35 人，已于 2016 年秋季开学，从初中到高中，完轨后将有 6 个班，中学每个年级一个班。

翔宇花开念君情

卢志文：要将十二生肖翔宇年课堂进行到底

"2017 年 1 月 25 日晚，翔宇年课堂超过 1.1 万学子同时在线听课，创下 K12 领域直播新纪录。而作为全国知名的民办教育集团，翔宇教育集团每年都会开展一次全国性大规模的年课堂直播活动，借此为师生提供教育服务。"

2 月 14 日，全国少工委新媒体工作平台——未来网刊发文章，大篇幅报道在互联网＋趋势下，翔宇年课堂借助沪江网 CCtalk 平台共同探索未来教育新模式。

"鸡年说鸡"，卢志文"要将十二生肖进行到底"

"树中栖鸟闻叽声""滩鸿下江淮""鸿江一别又重逢""新凤老凤心连心"……2017 年 1 月 25 日晚八点，翔宇教育集团总校长卢志文面对摄像头，头戴耳麦，俨然成了"网红"。在"翔宇年课堂""鸡年说鸡"栏目，他说灯谜、讲文化、谈教育，通过网络客户端，万名翔宇学子在线收看。

除了灯谜中"鸡"，围绕"鸡"，卢总校长还讲了邮票上的"鸡"、剪纸中的"鸡"、标识中的"鸡"、禽流感中的"鸡"，以及鸡的"五德"：文、武、勇、仁、信。年味，中国味，雅俗共赏，年课堂让大家增长了知识，增加了情趣。

作为网络年课堂收官之作，随着卢志文的授课结束，深受学生家长喜爱的"翔宇年课堂"已经走过三载，卢志文总校长表示要"将十二生肖进行到底"。

温州家长会，"朋友圈"一不小心已扩大到全国

1 月 19 日晚，翔宇教育集团旗下的温州翔宇中学率先召开网络家长会，翔宇教育集团总校长卢志文、集团副总校长高立顺，向散落各地的家长送出祝福，小结学校工作。学校副校长、初中部分管领导麻柏林，高中部副校长严强先后讲话，详解两学部工作，对寒假生活提出要求。

· 94 ·

据统计，68 分钟，超过 6000 位家长和网友参与网络会议，创下沪江网 K12 最大规模网络家长会记录。除了温州家长外，湖北、江苏家长闻讯也有参与；除了翔宇家长外，另有沪江网超过百位网友在网络教室旁听。

网络家长会组织人之一、温州翔宇中学卢锋博士感言："一场普通的网上家长会，却不经意间可能创造了一个教育纪录。会议结束了，这么多人现在还依然守候在这里，原来翔宇人的心靠得如此近，翔宇人是如此的团结相爱。"

网络"年课堂"，面向未来的一种探索

2015 年第一季《羊年说羊》，2016 年第二季《猴年说猴》，2017 年第三季《鸡年说鸡》……每年有一回，一共十二回。"翔宇年课堂"，正成为沪江网的一个知名品牌栏目。随着听课人数逐年不断刷新，大家在感受年味儿之际，体验了互联网教学方式，更多学校开始借鉴网络样式，探索多元教育教学方式，推广教研新模式，实现翻转课堂。

1 月 21 日晚间，为期五天的 2017 年"翔宇年课堂"第一天，直播室里张灯结彩，各种飞行器、实验器材、化学试剂铺满了桌面。翔宇外聘名师"科学狂人"陈耀老师变身魔法师，以《带年味的科学》开讲。一群小朋友，他们走近"科学狂人"，一起体验这堂别开生面的科学课堂，探索烟花色彩的秘密，气球引发的系列家庭实验。近 8000 名学生和家长在线参与。

相比前两年，2017 年"翔宇年课堂"不再由翔宇教师包揽，除卢志文总校长外，科学达人陈耀老师、专栏作家王旺老师、沪江名师张嵩老师、央视记者文静老师及星韵地理创始人景荣老师，先后出场联合打造的系列文化与科学大餐。五天的网络学习，让翔宇学子大呼过瘾，获益良多。

卢志文：让校园成为汇聚美好事物的中心

庄子说"天地与我并生，而万物与我为一"，亚里士多德说"人皆生而欲知"，杜威说"一切浪费都是由于学校和现实隔离开来"，朱永新说"让师生与人类崇高精神对话"。

2012 年 11 月，永嘉县决定将即将建成的瓯北高级中学作为民办教育综合改革试点，面向全国公开招标办学主体，引进优质教育资源举办民办学校，翔宇教育集团在众多竞标单位中脱颖而出，成为办学主体。于是一所民办全寄宿完全中学——温州翔宇中学顺利诞生，2013 年 9 月 1 日开学迎接首批学生。永嘉底蕴深厚，人文荟萃，山秀水美。温州，中国民营经济最活跃的热土。翔宇，志存高远，经验丰富的民办教育品牌。新教育实验，朱永新老师发起的史上最大的民间教育改革行动，风云际会，江海潮涌，一个朴素美丽的教育故事，音符跳跃。

温州是国务院批准的民办教育综合改革试验区，出台了"1+14"民办教育综合改革配套政策。温州翔宇中学的办学案例，成为温州民办教育综合改革的创新样板。这是一个"有、管、评、办"分离的学校体制创新案例，有，校舍产权政府所有；管，政府依法管理学校；评，社会第三方评价；办，办学主体独立办学。教育部 2013 年底，到学校调研总结，2014 年推出管办评分离改革。李克强总理积极鼓励推广政府与社会资本合作的"PPP 模式"，截至 2016 年 6 月底，财政的 PPP 入库项目达到 9285 个，约 10.6 万亿元，其中教育项目占比 5.2%，总投资占比 1.57%，在涉及的 19 个行业中排名第 10 位，还有很大的增长空间。

浙江省人民政府副省长郑继伟曾经做了这样的批示：永嘉算清两笔账，破除政策壁垒，着力发展民办教育，其做法符合改革的精神，请将永嘉的做法转各地学习。

当时温州市委领导调研翔宇学校，对这场改革给予了极高的肯定。中国民办教育协会会长、浙江大学的教授，他们都给予这一场改革极高的评价。那么我们要办一所怎样的学校才能不辜负大家的期望？办一般意义上的好学校还是办大家心目中的好学校？这是一个问题，但是我办好学校是没有问题的。

　　招标评委组对翔宇的评价意见，饱含着他们对这所学校的期望。翔宇教育集团有成熟的办学经验、充足的教师资源、完善的制度体系和雄厚的经济实力，集团总校长亲自出任翔宇中学校长，可有效整合资源，保障办学品质。翔宇选择温州办学的理由也有自己的思考，美好的选择是双向的。这次合作首先是永嘉选择了翔宇，就像评委们给翔宇全票信任一样，一定有充足的理由，翔宇选择永嘉同样如此。首先，温州是中国版图中最具活力区域，政府开明，社会开放，民众勤勉，是一方兴业的沃土。其次，温州作为中国民办教育改革试验区，不仅系统配套，而且有许多创新，特别是温州翔宇中学合作项目更具有模式创新的价值和意义。第三，温州永嘉领导开明开放的做事方式、深厚的情怀和社会各界对优质资源的热切期盼也打动了我们。翔宇愿做蒲公英，落在哪里就在哪里生根开花。随风飞翔的除了蒲公英的种子，还有它永远单纯美丽的梦想。

　　怀揣理想也要贴着地面行走，仰望星空更要脚踏实地。我们心目中的好学校定位非常难，但是我们找到了。那就是和整个世界站在一起，让师生过一种幸福完整的教育生活。

　　现实很骨感，每当毕业季就会有很多这样的新闻：高三毕业，他们为何扔书狂欢？厌学，是分数的功利教育的产物，构成了一片灰暗的教育，重构学习已经刻不容缓。孩子们的厌学程度比我们想象的更严重，改变非常困难。就像堵车，人们总以为原因在别人，能够改变的，也只有他人，事实上唯一可以改变的只能是自己，因为我们每一个人都是别人眼中的他人。

　　重构学习，我们提出八观十二变，这十二变构成了今天我们改革的方向，如学习时间观要变、效率观要变等。因此我们要力所能及地去做改变，从自己做起，从身边做起，从点滴做起，行动就有收获，坚持创造奇迹。于是我们变革课堂，建构课程，以学习和学习者为中心建设课程资源。课程资源建设，要以场馆为载体，场馆建设是我们众多努力的一个部分。

　　接下来就说一说我们想做的。人类历史上最早的博物馆，在公元前三世纪。博物馆随着世界社会进程的发展而不断发展，从奇珍异宝收藏、公共教育场所以及跨越国界的宣传机构等不同角色转变，形成了今天多职能的文化复合的样式。全球持续的博物馆建设热潮，我们经历很多，看到很多。现在博物馆事业上升为国家战略。博物馆是人类文明之花，代表一个国家、一个民族的历史与文化精粹的殿堂。据了解，目前全国登记在册的博物馆有4692家，是新中国成立时的223倍，并且每年以200家的速度在增长。

翔宇花开念君情

信息技术的进步，让孩子们更高效率地面对文本和图片，也更多地远离真实的自然和社会，时间也被安排得越来越"箱格化"，离开校门过一个马路都担心有安全问题。大自然是最好的老师，孩子们走进自然的机会太少，我们可以通过博物馆把大自然请进校园。在完善标准配套的实验室、图书馆、体育场馆的基础上，以学习和学习者为中心，在校内建设博物馆，是我们办现代学校的一个选择。

人们一直在努力！科技的进步也日益渗透到学校的方方面面，但是我们认为观念的变革远比技术的变革更重要。不转变观念，科技很可能会成为高效率的帮凶，再炫目的虚拟都不能代替最朴实的真实。什么是真正的多媒体？绝不是大规模的投影，也不是 VR 眼镜。你可以看，你可以听，你可以触摸，你可以嗅气味，你还可以尝它的味道，你还可以把它跟各种各样的物种接触，看它的反应，这样才是真正的多媒体。自然界任何一个贝壳、任何一只蝴蝶，我们都可以发现它里面有无穷的东西。人类到今天为止也不知道，这种无穷性会激发孩子极大的好奇，因为教材上面每一篇都是有限的，只有这些真实存在的物质，它背后的意义才是有待于我们去探索的。

杜威说，一切浪费都是由于学校和现实隔离开来。陶行知说，生活即教育，社会即学校，要教学做合一。新教育的理想课堂有一个最高境界，实现知识、生活和生命的深刻共鸣。这个共鸣发生最多的地方是博物馆，所以翔宇博物馆，还有两块牌子，一块叫新教育体验学习中心，还有一块叫翔宇未来学校实验室。博尔赫斯说天堂应该是图书馆的模样，我们想说天堂其实是博物馆的模样，因为未来博物馆已经涵盖了图书馆。

翔宇的核心理念，是和整个世界站在一起。和整个世界站在一起，不仅和虚拟的世界、过去的世界、书本的世界站在一起，更是和真实的世界、未来的世界、理想的世界站在一起，尽管这不是容易的事。温州翔宇中学不是建一个馆，而是要建一群馆，把这些馆进行分类：真就是科学、自然类；善就是人文、政史类；美就是艺术类；本就是新生命的教育馆；综就是创意馆。学习之外的创造，我们都陈列出来，涵盖了所学、所理解的方方面面。

场馆规划和设计不是建筑师，而是教育者。建筑师为教师实现想法提供专业支持，专人专事，是我们建设场馆的经验。尽管需要大牛人物、骨灰级爱好者、行业和专业精英、追求卓越的理想主义者，但热爱教育，喜欢学生，一样不能少。最后还有一个更重要的就是有为而后有位，先给他们一个任务，让他去建馆，等馆建好了，大家点赞了，他自然就是馆长。

场馆建设，有时也不妨因人设岗。我在中国灯谜大会担任点评嘉宾期间，我们要郭少敏加盟翔宇，于是有了翔宇中华灯谜馆。郭少敏在 40 次全国谜赛中夺冠，至今还保留全国现场谜赛个人冠军最多纪录。我们这里有很多这样的人。

我觉得对话有两种，要么俯下身来，要么长出高度。俯下身来，因为你尊重他，如果他很高，你天天仰视可能也不行，所以你得要长高自己才行。我也是一个骨灰级的灯谜爱好者。王羲之书法教育馆项目负责人赵明，是我们从江苏找来的，他是新手却创造了建馆奇迹。我觉得相信是一种力量，无限相信蕴藏着无穷的力量。不仅相信学生更要相信老师。我建议大家明年到我们这些场馆里都去看一看，看看老师的作品，看看他们是怎么做的。我们的灵舒创意馆创客小组负责人金彬圣，苏州工业园区职业技术学院的毕业生。他当年毕业的时候就保送到比利时鲁汶大学。我们当时编程的时候找不到技术达人，结果他过来就解决了，太厉害了。他会多国语言有超强的动手能力。新生命教育馆还没有建成。这个馆和其他馆都不一样，要科研先行，因为生命教育关系重大，不同于中华灯谜馆。生命教育馆是体验馆，要让我们接受生命教育，而不是了解生命教育，所以有超强的难度，生命教育馆的功能定位，是提供符合学生发展规律的优质生命教育体验中心，探索利用场馆课程推进体验式学习的改革样板。

我们建馆有标准，叫专业高度、全球视野、卓越品质、工匠精神。贝壳馆收藏来自 71 个国家和地区 170 多个科 2000 多种贝壳标本、化石，所有的拓片都是原拓。灯谜馆有国内最多最全的灯谜资料，这是国内最全的。

取精用宏，不光建馆是这样，校园内每一个细节都是这样。大家看到有些石头上有些字。我也写字，但我没敢在石头上留下一个字。为什么？因为我不够格。我们要把最好的东西呈现给孩子，而不是把我们自己呈现给孩子，因为我们还远远不够好。精致本身就是一种教化，每一个楼的楼名都精心进行设计，每一个字都用到极致，这包含我们对教育的理解和我们对孩子的期待。

美是自己会说话的。贝壳馆的极简主义风格是科学和美的结合，但简约并不等于简单，上面的照相机，是我到多哈去参加峰会时在小市场淘来的，有二十世纪三十年代、四十年代、五十年代的。我出差的时候包都不想带，但拉着这么多沉的箱子就不觉得累，一定要背回来。终于有了可以放这些宝贝的地方，让我们可以看一看 20 世纪的人们是怎么制作出那么精密的仪器。

校园博物馆内为了学生围绕学习，一直没有设许多凳子。校园博物馆有大量的专业图书，课程让博物馆活起来。我们昆虫馆的昆虫视界的课程群，每一个课程容量和课时都可以根据实际需要调节层次和深度。

更美、更深刻的图文唤醒。昆虫馆以这样的图文引起学生的好奇。是谁，设计了瓢虫的外壳？是谁，塑造了犀金鬼的造型？是谁，传授给竹节虫隐身之术？这些都是人类无穷的遐想，风格迥异，和谐并存，背后蕴含价值。我们还会激发好奇，这是分型艺术。这种激发好奇产生连接，跨界拓展，丰富类比，都是无穷的奥秘，我们要努力让校园博物馆成为快乐好玩的迷宫、生活体验的社区、艺术享受的圣殿、研究探索的工厂、构建学习的课程、灵魂洗礼的教堂。未来的学校应该是博物馆的样子，博物馆是课堂的有效延伸，是课程的复合载体，是学习的理想场所，长于学校教育，封闭于围墙之内。网络链接虚拟的世界，博物馆让孩子触摸真实的世界，它为孩子的学习和成长，构建环境，提供条件，促发动机，创造可能。

不解放学生，场馆有可能成为摆设；不转变观念，科技有可能成为帮凶。无机制保障，变革有可能半途而废。教育即解放，教师即开发，课程即学堂，天性即个性，成长即成功。改变已经开始，势头不可阻挡，革命悄无声息，力量雷霆万钧。场馆建设即将完成，大部分已经开馆。云课堂已经从高三开始，为什么从高三开始？因为高三要求太高了。只有从高三开始，才能减少障碍。考试评价全面告别望闻问切，进入"CT"扫描的时代。考试评价将从鉴别变成诊断，过去的诊断是望闻问切，今天的诊断已经是"CT"扫描。外教跨国授课通道畅达，线上外语课程，既能保证质量，价格又便宜，老师一个中文都不说，学生们学的兴致很高涨。我们新教育同时在做，"齐点"正在到来。老是把孩子们框住，怎么办？排倒数的那些孩子，天天听你的课还考倒数，你让人家自己学不行吗？让他试试"云课堂"如何？然后我们解放"前百分之十"，他们已经是"学霸"了，好孩子，不是教出来的，你就放他们自己学吧。解放全部的学生会怎样，我想这一天马上就要开始了。

未来不是一个需要我们抵达的地方，而是一个需要我们去创造的地方，让我们一起去创造。（根据会议发言整理）

潘文新：打破"生源决定论"的程度 就是一所学校能够上升的高度

2018年9月6日下午，温州市2019届高三第一次测试分析研讨会在温州中学报告厅举行，来自全市县区教育局分管领导、普通高中分管教学校长及教务主任600多人出席会议。会上，温州翔宇中学常务副校长、高中部校长潘文新分享办学经验《翔宇，朝着优质发展的方向》，他先从王玉芬董事长去年提出的"翔宇二次腾飞"说起，感谢集团和社会各界的关心和支持，更感恩翔宇小伙伴们的努力和奉献。就"校准认知，回归质量；找对方向，发力管理；激发状态，赋能教师；学会学习，转化智慧；扮好角色，融入本土"五个话题进行阐述。

当日，市"高三第一次适应性测试"即"一模"分析会数据显示：温州翔宇中学高三一段达线346人，达线率54.75%，温州翔宇中学发展进入"3.0"时代，摆脱生源束缚，跻身一流行列，二次腾飞正当时。

会上，温州市教育局副局长王剑波表示，温州翔宇中学取得了出乎我们大家预料的好成绩，直接进入了温州市"一段达线300人以上学校"的行列。温州市教育教学研究院院长胡玫主持时点赞翔宇，祝贺翔宇中学2019届高三有了一个华丽的开场。副院长马玉斌分析数据时表示，翔宇中学是全市一类学校中一段线达线率增幅最大的学校。

为此，翔宇教育集团网记者念文日前采访了温州翔宇中学常务副校长、高中部校长潘文新与高三年级部主任李步振。

学习性质量与发展性质量、生命性质量是一体的

潘文新校长表示：我们学校的核心技术，表现在很多地方，有翔宇品牌塑造的核心技术，有校园环境建设与理念提升的核心技术，有场馆课程开发的核心技术，当然也有关于质量提升的核心技术，而提升质量的关键就是克服生源重力，快速提升、快速成长的能力。这个质量包括学习性质量、发展性质量、生命性质

量。学习性质量包含三个层面：第一让更多的孩子考上大学，追求"量"；第二让更多的孩子考上好的大学，追求"质"；第三让更多的孩子以优雅的姿态考上他自己理想的大学，并且能够幸福地度过一生，追求"品"。学习性质量与发展性质量、生命性质量是一致的、不可分割的，学校首先要打牢的是"学习性质量"这根支柱。

打破"生源决定论"的程度，就是一所学校能够上升的高度

"在生源无法选择的情况下，那么我们一定要选择好对待生源的态度"，一个学校打破生源决定论的程度，就是一所学校能够上升的高度，生源是有"决定性"的，但绝不是"决定论"的。我们会有一段时间面临着生源挑战，那就必须通过一流的管理、一流的付出、一流的敬业、一流的理念，让学生有一流的进步，从而赢得社会和家长的信任与追捧。

寻找到学校管理的"操作间"

"一个人的精气神，就是他的长宽高。"举例了屿山堂餐厅 4D 管理之后，潘文新校长指出，质量的一半在管理，向细节上要质量，学校要寻找提升质量的"操作间"。学生学习状态的"操作间"，在自习课，入室即静，入座即学；一天常规的"操作间"在晚就寝，做到安静、安全、安心，今天睡得好，明天起得早，一天学得好。教师工作状态的"操作间"在候课，充分备课，期待上课。学研考研教研的"操作间"在集体备课，备课有效了，上课才高效。学校要多关注人的"精气神"，为什么高速上每隔五十公里有一个加油站啊？人，包括教师也应该有自己"精神接力系统"，为及时给教师赋能，学校特别打造了五个励志平台：今日观察（每天都有）、教育感悟（每周都有）、心愿心语、身边故事和校长荐读（每月都有）。

务实、求真，用温州精神来指导办学

"高考质量是生命必须承受之重。"用温州精神来指导我们办学，翔宇人到温州来，要学"温州话"，做新温州人，温州翔宇中学用"温州"来命名，就是指我们除了给温州带来翔宇独特的东西之外，我们也应该具备温州本身的特色，就是务实和求真，用事实说话，用数据证明。千言万语、千方百计、千辛万苦、千锤百炼、白手起家、四海为家、不等不靠、善于创造，这些"温州精神"可能

不只是适用于经济领域，对教育、对我们翔宇人都有启发。

"好时"当"差时"看，时刻保持外热内冷的状态

理性看待模拟考成绩，看上去往前迈了一大步，但它毕竟不是高考，后面如何走，无非降低、持平、提升三个趋势。2018 年高考我们从 203 走到 239，2019 年高考我们从 346 走到哪里，是对我们巨大的考验，在高位，越往前走，越是困难。全体高三人要冷静下来，思考还有哪些漏洞需要弥补与完善，发现问题、提出问题、解决问题，正确的认知态度将决定我们明天。缺少信心的时候，我们鼓足信心加油干；信心爆棚的时候，我们要多为自己泼泼冷水，找准"对标学校"观照自己；谦逊地学习和反思，先"僵化"，后"固化"，再"变化"。盲目自信，就会大意失荆州，这是我们需要不断警醒自己的。

坚定一个信念，要想结出丰硕的果实，必须付出劳动的汗水

"办教育它是有规律的，成绩好不是运气好，是一步一个脚印做出来的。我就喜欢踏实做事。坚定一个信念，要想结出丰硕的果实，必须付出劳动的汗水。"

2016 年温州翔宇中学首届高考出现开门红，243 人上重点线，2018 年高三一模 346 人上线，前一届是浙江最后一次文理分科的高考，现在是七选三的新高考，作为执掌两届的高三年级部主任的李步振老师，虽然情况不同了，但在他看来取得优秀成绩背后的东西没变，主要来自"专注度""专业""团队""考核"几个方面。

李步振主任表示，在管理过程中，他和他的团队一直都保持着专注度，做好每一件事。在选课走班方面体现专业，收集经验研究，根据情况制定自己的选科方案，不停地调整，做到最佳的选择，不走弯路；同时，加大考核力度，激发教师的工作热情。

一模仅仅是一个阶段性测试，高考才是我们最终的目标，温州翔宇中学高三团队表示：接下来，将一如既往地扎实工作，持续地专注各项工作，争取明年以更加优异的成绩回报永嘉人民，回报社会各界的厚爱。

师生篇：创意创新创造

　　这是一组群像，阿木从理想国走来，王洪涛做学生的贴心人，邢涛让学生感受到了一种无言的亲切感，张永林俯下身子与学生同行，周俞伸用微笑和勤勉呵护学生成长，晁洋用艺术开启学生创造之门，费晓东私房阅读，张厚振……"满学校的花草树木。"翔宇的美好开在孩子们心中：逐梦少年陈光芒、获得国家发明专利的朱林豪，翔宇"双铭"代表中国队出征韩国，这里不只有中考、高考……

沧海一粟，
大漠一粒，
枝上一点。

借杏树的高度，
晨曦里鸣唱春天的赞歌。
头上有天，
脚下有地，
在梦想与现实的云朵里，
奋飞，
奋飞！

——《念文的诗 2017 微信书》

他，从阅读的"理想国"走来

最近，阿木有些火。人们不仅在谈他的"理想国"，还在谈他的"瓯江书院"。

被卢志文称道的翔宇牛人很多，但"阿木"肯定算是最先提及中的那一个，卢志文总是在他人面前夸奖他，说此人年纪不大，但书读得多，并放心地将翔宇"瓯江书院"（未来的图书馆）的筹建工作交给他……

在翔宇校园内，时常看到一个人，手捧一本书，行走在绿荫小道上，他就是"书虫"——阿木，真名叫叶玉林，生于 1976 年，来自四川泸州。许多人都知道他不但是翔宇高中部的一名受学生爱戴的语文教师，还是翔宇民间读书会的发起人，每逢周五晚上，翔宇教师发展中心的教师读书沙龙由他主持。有许多很铁的粉丝追随他的足迹，然而他的故事远不止这些。

他，在寻找，完成编写"思享者"读本，办小报 14 期，整理学生原创作品 25 万字；又开启了一系列梦想：规划读书沙龙，筹建书院，未来还想办一所学堂……

阿木这样描绘着未来"瓯江书院"的雏形：绿树环绕处有一幢青砖白墙的建筑坐落在学校的南大门河道处，期间有一个读书长廊，旁边有一泓池水，荷花簇拥中不时飘来一阵清香，许多学生模样的人群徜徉其间，或坐，或立，手捧书卷，静静地阅读……

因为新教育，因为"河边茶"，结缘翔宇

一开始不知道翔宇这个学校，但一直都比较关注"新教育"。像朱永新、卢志文、李玉龙等名字比较熟悉，特别是很多语文老师如蔡朝阳、郭初阳，虽然没有见过面，但是通过网络阅读，发现大家志趣相近。教书期间，认识了一批喝"河边茶"的人：张羽、龙尧、谭海舟，经常一起聊天，因为四川人比较喜欢喝茶，只要有一条小河、有一本书、有一棵树，就有一个茶铺，于是聊天群就叫

"河边茶"了。后来这圈人基本上都到了翔宇。

一脚踏入他人的生活从而也走在自己的生活之路上

"一脚踏入他人的生活从而也走在自己的生活之路上，生活啊，活不够啊。"阅读，让阿木有了感慨。

读书要进入一种文化环境。高中时，略懂古文，祖父给他买过好几本书，有《古文观止》《红楼梦》《唐诗三百首》《宋词三百首》《中国古代名句辞典》等。高中开始有一点阅读意识，读的第一本小说是《三国演义》，后来读了一点《史记》。最初是多读，后来是精读，反复读，多读几本译本。读书要读到相当的深度才能把其中的内涵说清楚。

两年前，他估算了一下近几年的阅读，每年阅读的书大约为40本，以每本25万字计算，约为一千万字，加上常常阅读"爱思想"一类的网站和《随笔》《读书》《书屋》等偏重学术性的文章和其他一些阅读，阅读量应当不会超过1500万字。而这些阅读大约有70%是通过电子书完成的，特别是前些年买了一个Kindle，看了一下上面的统计，读书时间为290天，总阅读时间605小时，平均每天2.1小时，读完的书籍为27本，主要阅读时间集中在下午3-5点。现在已经形成了这样的阅读习惯：精读的书籍一般用纸质书，泛读用电子书，看网站上的文章用手机。

大学期间，外国文学类的书读得多。但是那时候读得很不专业，相对于走进大学就好像走进一个殿堂，那里有很多书。开始比较喜欢文学类的，先是法国的，雨果、巴尔扎克等，后是俄国的，更喜欢俄罗斯的文学，像托尔斯泰、陀思妥耶夫斯基，还有他最喜欢的作家果戈理。感觉法国人的文学，它大量交代一个宏大的历史，后来把一个小人物放到里面，历史把他碾碎，碾碎了然后呈现某种悲剧感，好像外来的力量施加给他。像法国文学里的《红与黑》《巴黎圣母院》《悲惨世界》都有些类似的。但俄国的作品给人感觉更深沉一点。人类陷入自身的命运，像陀思妥耶夫斯基写的《罪与罚》里面的拉斯柯尔尼科夫他自己偷了人家东西然后把老太太杀死了，他一生都在这个里面纠缠。还有像《复活》里面的聂赫留朵夫。后来读到某个时候，发现俄国文学更能谈个人，更能回到人的内心，讲救赎，不像法国文学那种我的命运不是时代造就的，而是我自己造就的。感觉有这个区别，只是不能一概而论。

工作以后在乡村中学教书，前面几年比较沉寂，没有那么强烈的阅读愿望，只想先忙好工作。世界尽管很糟糕，但世界的美好正展开。但过了几年就发现教书的无力。于是埋头读书，2003 年—2013 年那十年属于他人生阅读从量来说最多、从质量来讲也很好的时期，不过，现在他醉心于精读东西方经典文本，《理想国》《庄子》《圣经》《精神现象学》等等，并准备把这些变成一个"东西方经典文本细读"的系列课程。

在艰难的几年中，读海子的诗是一种安慰，这有点像古时的书生，落魄时就读读屈原，然后觉得生活还可以过下去。一个人的焦灼本质上意味着对人生的怀疑，他总会不断地寻找出口并付诸行动。

语文教学阅读本位——把学生当人看，编读本，办小报，刊原创

朱永新有一句话：一个人的精神发育史就是他的阅读史。阿木认为这话说得很到位，现在许多人遇到事情没办法坚持，就是精神不够强大，没有人生目标，包括学生考大学，不知道自己的目标，绝大多数学生不知道自己要什么。就是缺乏精神发育啊，就像一颗种子，长大的时候，它刚刚开始它只是想从土地长出来，但长出之后它就知道向着阳光生长，思路与成长轨迹很清晰——学生缺乏的就是这个。而现在中国的教育没办法让学生寻找自己的方向，而是给学生一个方向，就是高考，以为这就是方向。而精神发育史，是无法替代的，它必须亲自去找。比如说一个老师这样教这样活，那个老师那样教那样活，这只是学生提供了一些参照，但学生不必按这些生活。人不是按必然性生活的，康德的哲学所讲，一个叫自然，一个叫自由，自然就是一种必然性，这个力推过去那边一定反作用，但是人不同，你这样推过去的时候，他的可能有很多种。人的根本属性是自由，而这种自由，需要自己去生长，而不是被外界规定的，你规定就是不自由了。

你不能把学生只是当成一个工具、一种手段。"我真的不认为老师们有那么关心学生，一个老师真的关心学生他的做法完全不一样的。不能因为这个学生好了，他就高兴，学生不好了，他就不高兴。我觉得这就不算是真正关心。所以说中国教育缺什么，非得要说的话就是自由。说具体点的话，就是没有把学生当人看，包括也没有把自己当成人看。不能是一个零件推动另一个零件。康德说当你不把别人当人看的时候，实际上你已经没把自己当人看，就没有把人当成一个独立的完整的具有丰富的无限可能的生命体来看。我教书受康德的影响比较大。他的这些话确实有些道理，要把学生当人来教。"

阅读教学，他可能是老师中做得非常彻底的一个。他采取很多办法，编了《思享者》读本，有片段性的读本，目前编了 180 页左右，偏重于泛读；还有专题读本，像《世说新语》，偏重于精读。目前，他已在准备《理想国》读本——倾向于给学生一些经典，但同时容忍学生看一些他认为不经典的。他还一直坚持给学生办小报，刊登学生的原创作品，班级学生人手一张，到翔宇一年多，已经完成 14 期，每张报纸相当于一张 A3 纸那么大，可容 8000 字左右。整理学生原创作品 25 万字，计划编辑成一本文集发给学生。

教育是一种信仰：第一个充分地阅读，第二个是生命的体验

阅读增加了，那么如何完成单元课时教学呢？阅读推进太多了，要牺牲一点，你教的班级成绩暂时没那么好，但他的想法是你想要踢足球只能在足球场踢不能在乒乓球台上踢，那样踢不转的。他认为"把人当人看"的教育观念跟中国当下的教育肯定是有尖锐冲突的，你躲不了的。教师个人要有充分的谋划，还要甘心承担一点代价。

必须要直面问题，第一个要深入研究中国的考试，我们这里是浙江的考试，包括它的学考和高考。研究好了做出策略，比如有些文本，可上可不上的就不上了，有些文章要上但是它考得很少，那就把这个问题挑出来，把答案公布一下就可以了。"我追求我的自由，但不伤害别人的自由"，你看马丁·路德·金、甘地、曼德拉，他们其实都不是一般意义上的自由主义者，但恰好是他们帮助成就了一个更为自由的国家，自由的背后，还要有寻求自由的激情，或者说使命感。这大约是我最近一年的一个思想转变，追求自由，但非自由主义者，自由主义者难有使命感。

阿木喜欢这个思路。体谅现实的艰难，因为学生和老师都生活在现实里面，但是人不能以现实来限制自己的脚步。胡适后来离开大陆去台湾留下一句话：容忍比自由更重要。你要使得这个世界更自由，你就要容忍别人的不自由，包括你自己的不完美，否则这个世界不能变得更自由。第一，你不要想着去改变一切，第二个，你首先按照你的基本价值观念，改变你自己。然后你要为你的价值的实现，采取相应的行动，并承担风险。朱自清写过一篇文章，说"教育是一种信仰"。相当一部分人都是以技术来赢利教育的成功，"我能理解他们这样干，但我不会那样做"。第一个充分地阅读，第二个是生命的体验。阅读本身是体验，他在做《理想国》精读课程的时候，把自己向学生开放，学生有什么想说的，就

随时过来聊聊。

"瓯江书院"，具有课程的图书馆

"瓯江书院，我的理解是具有课程的图书馆。"阿木如是说，"接近传统命名，走得更远。它是非一般意义上的图书馆，最大的特点是与日常教学有关，具有课程功能，有相当的独立性。"

书院可以有独立课程，也会与其他场馆及社会机构展开课程合作。尝试自己做课程，比如他现在正在做的《理想国》的校本课程，也支持其他老师做课程，包括手工之类的。

课程类型：可以有1-2节课内完成的微型课程，就像一次小活动或小讲座，如手工课程、共同分享某篇文章等；可以有3-4节课内完成的小型课程，如共读龙应台《目送》；可以有5-10节课完成的中型课程，在一学期内完成；可以有10节课以上的大型课程，一学年或三学年完成；可以有非连续性的，以讲座形式展开的课程，比如公民课程；可以有假期专题课程，如暑期逻辑训练营、名著精读、综合课程（如游学）等，这些自选课程可考虑收费；当然也可以有课程定制，不过这是以后的事了。这里可根据学校实际开发诸多特色课程、学生课程等。

装修的方案我们都已经初步设计好了。蓝图中选中了温州翔宇中学中的三块：一个翔宇贝壳馆楼下的现在的图书馆（后门拓展庭院读书廊）、南门靠河地方地块、体育馆附近。

第一块基本的物理空间，比如阅读区，专题区偏重思想藏书，相当于给老师开辟了一个空间，还有典藏区、小说区，还有"以声"馆——以声传情，以声达意。还有"产品"：报纸、杂志、读本、公众号等，既具备对内也具备对外的功能。

行走在阅读的"理想国"里，在这几年中，他慢慢开始了一个系列的梦想，编写一套"思享者"读本，完成一个中学哲学课程，参与建设一座图书馆，规划一系列的图书馆讲座和读书沙龙，甚至在离开人世前办一所有意思的学堂。阿木说："人的一生其实只有一件事——寻找自己。为此我们出生、成长、求学、工作、娶妻或嫁人、生子、衰老、死亡，我们也向后寻找传统，向周围寻找亲人，寻找同道，寻找集体，向前寻找希望，寻找家园，并且向上寻找信仰。从哪里开始呢？我想，还是从今天。"

"热冰"之"热"正当时

"田老师跳天鹅舞啦！"2017年1月18日晚，田帅军从"才子"变身"天鹅"翩翩起舞的消息在翔宇中学的校园里不胫而走，熟悉他的同事很是津津乐道了一番，他班上的学生闻悉后也都笑歪了嘴：田老师几乎一夜蹿红。

一个从教24载的语文教师，一位四十五六岁的男人，以另一种新的面貌出现在眼前的时候，人们不禁会问：他，田帅军，对生活的热度究竟从何而来？

平日里，他是翔宇中学一名高三语文教师，担任9班、10班两个班级的语文课，忙得不亦乐乎；但除了语文讲台之外，他还在其他地方频频"出镜"：2015年12月30日学校迎新晚会，他登台热情讴歌新生活；2016年5月29日，高三"励志壮行祝福"晚会，他为首届毕业学子点燃激情；10月28日，作为点评嘉宾，他出现在高一学生朗诵比赛现场；12月9日，学生成人仪式，他带领学生配乐朗诵，热情祝贺；12月21日，高中部"翔星艺术团"成立仪式，他受聘为艺术团副团长兼语言部导师……

也就是在那之后，他有了一个"小心愿"。

我有一个小心愿：拥有一间朗诵录音室

"我想跟卢总申请一下，能不能在瓯江书院装配一个录音间，下学期搞活动太需要了。"2017年1月16日，下午第二节课后，相约瓯江书院，笔者采访了田老师。暂时从监考、改卷等事务中解脱出来的他，表达了自己强烈的心愿——春节之后，开始在全校范围内辅导学生朗诵的"路线图"，已经悄悄拟定。

谈起近二十年学习朗诵的经历，他说他最初的念头，是想通过朗诵来学习普通话，结果发现进步蛮快的。后来，当自己的朗诵作品不断得到电台、电视台专业人士的肯定之后，他的劲头就更足了。一次重要晚会上，他朗诵的《将进酒》，得到专家的高度赞赏，从此，他对朗诵的热爱更是到了痴迷的程度。为了"取法乎上"，他把全国朗诵名家的磁带几乎全买了回来，一遍一遍地听，一遍一遍地模仿，然后融会众家之长，并用到了语文课堂上，用到了语文教育中，逐渐形成了自己特有的教学风格。他要让学生通过语言的美、声音的美，感悟语文的美。"我不追求舞台上的那种夸张的艺术效果，只求能够拨动学生的心弦，帮助其更快地走进作者的情感世界，更深地感受文章的思想内容"，这是田老师给自己朗诵的定位。

后来，他又参加了中央台第二届"夏青杯"朗诵比赛，一路过关斩将，挺进了全国复赛。

"温州可是全国朗诵基地哎！"谈到这一点，田老师显得特别兴奋。到了翔宇中学后，他很快就加入了温州市朗诵演讲艺术学会，积极参加学会的各项活动。8月20日，他参加永嘉县首届"中华颂"经典朗诵比赛，获得了成年组金奖，并在温州市第四届"中华颂"经典诗文朗诵比赛中获得中老年组第三名；9月17日，永嘉县举办"新居民朗诵大赛"，他又无可争议地获得了第一名，为翔宇中学赢得了良好的声誉。

高晓松说："生活不仅有眼前的苟且，还有诗和远方。"但对于田帅军来讲，还有朗诵相伴相随。

"热冰"之"热"正当时

"（田帅军）安于边缘，安于被视为异端，安于不被理解，安于寂寞，不试图追求体制内的好处与世俗的荣誉之光的照耀，而在'他处'（自己的良知、教育的真谛、学生的真爱）寻求意义、价值与快乐，经过多年捶打已经成熟，正以我十分赞赏的韧性与智慧，以自己的方式，坚守理想与信念，独立应对中国的教育问题。"这是北大著名教授钱理群先生在新书《一路走来》（河南文艺出版社，2016年7月）中给予田帅军的肯定。

"因为冷，故能气宇深稳，明察万物；因为热，故能心中博爱，自任以天下之重。我是一个终生都愿意追求仁智双修的人，而唯有经过了冷静的热烈才是真热烈，才是真正的仁；唯有经过了热烈的冷静，才是真冷静，才是真正的智。我关注民生，心系底层，这非有真热烈不能办到；我顾视清高，观察深刻，这非有真冷静不能办到。"他在自己的著作《这里，有我！—— 一个一线语文教师二十年的挣扎与守望》（广西师大出版社，2013年12月）中提到自己的笔名"热冰"时，这样注解。

有了内心这股"热"劲儿，田帅军一路追寻心中理想的教育：从老家河南

翔宇花开念君情

汝州出发，游学各地，遍及河南、山东、河北、浙江四省，最后来到温州翔宇中学。2015年4月30日的温州市校长论坛上，他第一次遇见卢志文总校长，因被卢总的先进教育理念深深吸引，他决定在此停住脚步。

游学中的他，并没有漂浮在表面。对于教育，他有许多深层次的思考，他清楚地知道："没有一种环境让你去享受，而是要利用一切机会去探索。你要学会承认探索的价值，用自己的方式表达。"

谈及语文教学，他提高了嗓门，足见他的语文情怀："在我的语文课堂上，语文是大语文，语文即社会，社会即语文。语文老师本身就是杂家。我突破的方式，是要让学生在我的课堂上，感觉到语文是有趣的、美的、崇高的；知道学了语文之后是可以干吗的。我要和他们一起表达——表达对别人作品理解后的欣喜，表达与作者对话达成一致后的激动，表达自己对世界、人生的思考。这是一种很高级的活动，我想每天都处在这样的表达与交流之中。"

是的，每个人都有自己的行走方式。不过此时的"热冰"老师"热"正当时，我们被其温暖着。我们可以走到他那条"小溪"里掬一捧水喝，解解渴。

"我就像一条淙淙向前流淌的小溪，自由地、不停地向前流淌，就是我生命存在的根本状态。如果你口渴了，那么你就可以走过来，捧一口水喝，然后继续上路。如果你不信任小溪，那也没有什么，小溪还是小溪，它还会淙淙地、不停地向前流去。"

晁洋：艺术是一把钥匙，开启学生创造之门

4月里，当王思齐同学的"永嘉风光"篆刻作品获得永嘉县一等奖的喜讯传来，美术老师晁洋睫毛闪动了一下，时光回到开学初……

辅导学生走进艺术节赛场

喜欢篆刻的学生不多，王思齐是难得一个。

她初二时就开始自学篆刻，按照美术书上的要求，买了橡皮章、雕刻刀，自学雕刻，没人教她，全凭那本美术书。母亲把孩子的篆刻作品推介给书法老师，受到老师点赞。

获悉这个情况，晁洋老师打心眼儿里喜欢这位篆刻自学入门的学生，推荐她参加艺术节比赛。由于白天学业紧张，就利用晚自习时间给她辅导，跟朱栩瑶一起，在二楼的画室，一个练习书法，一个练习篆刻。把篆刻方法再捋顺，技法上再点拨一下，然而，她刻章的时候，总是刻反，晁洋老师提醒了几次，现在好多了。

"由于书法中有篆刻分支存在，篆刻前有篆书，你把篆刻刻好了，你的篆书就不会差，再去用篆书写的隶书就会非常容易，两者之间百分之七八十都是一样的，篆隶学好了，你进可以学行草，退可以学金文。""篆刻章，分为姓名章、闲章、压脚章，以及收藏章，都很有讲究，盖印的地方也有讲究。"他教导王思齐，并在她家长面前鼓励她去考书法专业。

相比较而言，朱栩瑶同学软笔书法基础较好，小学、初中期间就经常参加比赛。尽管如此，晁洋老师还是给她拓展了一些技法。

希望老师也来听听我的美术欣赏课

"希望老师们也来听听我的美术欣赏课。"出乎意料，晁洋老师提起自己的美术课时候，主动发起了邀请，希望同事来听他的课，在他看来，成年人多懂一

些美术鉴赏的知识是一件美好的事情。

除了个别辅导，晁洋老师面对一个星期 11 节课，按照学科指导意见来教，涉及艺术鉴赏、绘画、设计、工艺、篆刻、书法六本书，首先要进行筛选，突出学生普遍比较喜欢的艺术鉴赏，每节课都有一个主题，比如，自画像，就把历史上有名的自画像串起来。尽量做一些互动，回顾一下学生上堂课内容。

"我哥哥喜欢刘德华，我喜欢周杰伦，你们呢？"2017 年 4 月 20 日下午第三节，高二（3）班教室。一开始上课，黑板上呈现出几幅门神画，学生争着识别，从秦叔宝和尉迟恭到八路军新四军，紧接着晁洋老师导入新课——《时代的脉搏》，讲述社会思潮嬗变中的中国美术，审美情趣随着时代的变化而变化。"秦汉追求的是一种宏大，但到汉末，北方出现了大动乱，中原文化中心南移，比如魏晋时期，建立的永嘉郡，文人士大夫远离政治追求一种抽象玄理。唐朝又恢复了秦汉时期的博大，追求丰肌秀骨。清代以'阴'为美的文化基础，推崇削肩细腰柔弱无骨林黛玉式的病美人，到了现代追求健美。"

晁洋老师常常喜欢做的事情：把美术课搬到场馆上，利用翔宇场馆丰富的馆藏资源，带学生进蝴蝶馆、昆虫馆、贝壳馆，素描写生。或是"做客"翔宇温州总校教师例会，引领教师走进"艺术鉴赏"环节，时而跟大家探讨诗与画，时而给大家分享《中国十大传世名画》。

艺术是一把钥匙，开启学生创造之门

拿到王思齐同学的篆刻"永嘉风光"获奖作品，晁洋老师情不自禁地点评了一番："印章分朱文、白文两种，'细朱满白'是评分标准，即朱文要细，白文要满。她这个是白文，在同龄人方面胜出不容易，一个半个小时，现场刻字，具有汉印味道，但略欠丰满。"

"我觉得艺术课，每个学生都必须上，做翔宇的学生很幸福，什么东西都能接触到。对于这个世界的认识，如果缺了艺术鉴赏的话，我觉得很遗憾。缺了艺术鉴赏之后，对于你的人生观、价值观都有影响，如果从小就觉得当一个俗人无所谓的话，这肯定不好的。"他认为：艺术是一把钥匙，开启学生创造之门。

崔老师上课有激情 学生上课很专心

"就叫开开心心默写本，以后你们默写打开它时就开心啦。""很基础，动动你们聪明的小脑瓜就可以了。""你落了一句。""还有半句。"……

带着一口流利的普通话，青年教师崔婧瑶极力鼓励学生，试着让学生保持积极进取的学习态度，从而激发学习学科的兴趣。这一幕发生在2019年9月26日上午高一（11）班的历史课堂上。

"小崔老师上课很有激情，我们上课很专心。"班上朱亭羽同学对崔老师的课印象深刻。课前强化默写，简要温故导入，巩固已学知识，结合表格串讲，落实事件要素，教学脉络清晰，仪态端庄，语言规范，学生反响良好。很难让人察觉，这是一位刚入职不久的新教师。

用勤奋收获成熟 "去年，第一次上讲台（讲评）的时候，自己拿着试卷的手还在抖呢——被学生看到了。""总的说来，就个人而言，无论是想法还是做事方面更成熟了。"崔婧瑶老师怀揣感恩之情表示，在王乃林、栾鸾等老师指导下和帮助下专业成长很快，掌握了新授课、复习课、讲评课三种课型，讲课比以前更加成熟了。学部领导看到迅速成长起来的崔婧瑶老师，委以重任，除了担任两个班的历史课教学任务外，还兼任一个班的班主任工作。另外，工作之余还收获了"归宿感"，交到新朋友，他们是可敬的同事和可爱的学生。

用乐观化解压力 自来水上高楼，是压力给的。在翔宇工作的崔婧瑶老师十分明白这一点道理，首先自己给自己压力，希望自己带出来的班级，无论是学科成绩，还是班整体成绩，都有一个预设目标。"我本身比较乐观，抗压能力大。"面对学部方面严格的考核她表示，借此历练自己：班主任工作怎么开展，学生问题怎么解决，多向王乃林老师学；注重精研细磨与学法指导，多向栾鸾老师学。

用爱心憧憬未来 "成功地把他们带上高二，然后走向高三。加强对新高考的研究，对教材的熟悉，对考点的把握，使学科教学能达到成熟教师的高度。"对于教育教学工作，崔婧瑶老师有许多期许。"严肃、活泼，这就是我们班班规，该严肃的时候就严肃，该活泼的时候活泼。"勤勉工作，虚心学习，"严肃活泼"既是对学生的要求也是对自己的要求。

结缘翔宇，感恩翔宇　"这些场馆真的很好。我们大学都没有。"崔婧瑶老师深深感受到，学部的青蓝结对工程让自己专业进步很大，翔宇的办学理念让自己提升观念，培育走向世界的现代中国人，不只是关注考试，还参加国际比赛，"足球生""体艺术"成了"香饽饽"，人才培养呈现多元化，这就是翔宇。

翔宇是一份事业的名字　从吉林到浙江，五千里投翔宇，新的征程从双龙山下迈开，美好的青春在这里闪耀，江潮翻滚，瓯江如同家乡的鸭绿江，令年轻的崔婧瑶老师感到分外亲切与美好。曾经想过考公务员，曾经也想听父母的话留在吉林，曾经只想在南方度过两个月实习期……俱往矣，回顾只能让她更加坚定地留在浙江温州翔宇中学。大鸢翔宇，翱翔宇内，事业的大门在这里开启！

"祝福翔宇，越来越好。"学校日新月异的变化让自己开心，闻悉学校晋升温州市一类 A 组学校，崔婧瑶更加坚定自己的选择，扎根瓯越大地，我们正年轻！

杜修荣：10000 个 PPT，100 个 G

早上，翔宇中学南门，一辆助动车徐徐停稳，从车上下来一人，一脸阳光，朝阳聚拢着他——不是别人，正是杜修荣老师，刚送完孩子上幼儿园。大家从 2017 年 4 月份"我是翔宇人"受表彰的七人名单里找到了他：高中部数学教师。

每个人都是一本书，那么我们如何打开"杜修荣"这本书呢？10000 多个 PPT 课件，100 个 G 教学资料，15 年的教育教学成长路……

积累教学心得成常态

"数学之美：数之美、形之美、对称美。"偶尔在他的课堂教学中讲讲"数学之美"，把教学中的一些得失问题，写在笔记本上。遇到好的题，写在教学笔记本上。发现一些题或问题背后的规律写下来。积累整理一些专题写在笔记本上。积累教学心得成常态，做教学的有心人，善于思考，发现问题。

他山之石可以攻玉：既要积累自己的教学经验，梳理自己的教学心得，杜修荣老师还通过十年的努力，积累教学资料超过 100G，PPT 课件超过 1 万个，各种资料分 60 多类，形成了比较完整的教学体系，"高考真题及解析分类""高三二轮课件""高三教案学案""高中数学专题专项问题""高中数学问题导学精要""新课标 A 版必修 1"……资料获得渠道：自己制作，各个网站下载，各个 QQ 群里下载，和别人交换资料，在淘宝、教学网、其他老师那里买，买了不少省级国家级获奖课件。如：广西柳州某教科室的数学资料，重庆南开中学杨飞的书及资料。

添加数学群，做研究型教师

"有个数学群加入之后，我感觉挺有意思，每天晒出一道题，大家来解题、析题，以解题为乐。"自媒体时代，杜修荣老师也爱加群，但是他加的群多为数学群——这边风景独好，爱上数学教研，如"高中数学解题研究""中国数学解题研究会""全国高中数学教师群""中学教研数学论坛""高中数学老师""数学教师快乐相约"几十个数学教研或解题QQ群，只要是挨上数学都加群，为教学研究做铺垫，向专家、群里的高手们学习。比较好的群，如"中国数学解题研究会""高中数学解题研究"，一个群近2000人，时时都在讨论问题，高手很多，天天分享资料。

不做简单的"搬运工"，更重要的是要"内化"：归纳、整理、细化，加上自己的再创作。比如，他曾成功地做了一个基本不等式的课件。先是收集了50个左右的这一课的课件，每个都看一遍，再构思自己的设计，制作自己的课件。

"要和别人比，我们要付出的比别人多。"获得了2015年温州市高考命题竞赛一等奖后杜修荣老师心有感触，"这都与积累和钻研分不开。"命题竞赛必须个个题都是精品，尽量原创，有新意有内涵有背景。符合浙江省高考考纲，符合浙江高考风格，符合现在的高考热点重点难点，需要对现在高考把握准确。如：浙江高考数学追求思想方法、能力立意，追求秒杀，最好一题多解，大学知识下放到高中更佳。这次出的一个数列放缩法的题，就是大学里的伯努利不等式的简化后的题。这次的7个题基本都紧扣了这些要求。

"家长管不住，我来管！"

如果说，多次参加命题竞赛的经历让他快速成长为一名研究型的优秀老师，那么不断创新，让他在育人路上领略了别样风景。

"盯！"问起班级管理，杜修荣只说了一个字。高二（6）班，男生28个，女生只有3个，面对差异化明显的学生：有的很内向，不会轻易吐露一个字；有的很外向，总爱讲话；有的脾气很躁，沉不下心来，他说："家长管不住，我来管！"作为班主任，杜修荣老师用教育故事感化、用制度约束调皮的学生，用爱心、用鼓励创造机会培养内向胆小的学生，用对比、个人行动教育自私懒惰的学生，亲自扫地拖地到这些学生不好意思，主动来做卫生为止。特别是组织班委会，采用了值日班长制，每天由一个值日班长来总结班级的情况，包括好的方面与不好的方面——加分与扣分的情况都及时反馈，号召全班同学发扬成绩，克服不足，增加凝聚力。关注学情，不定时地去寝室查寝，查上课和自习情况，抓学生学习生活习惯养成，引导学生树立良好的人生观、价值观，班级学生进步很快。

2016年7月，通过考试、上课、面试，以第一名的成绩加盟温州翔宇中学，一晃 300 多个日日夜夜过去了。"教学上，他努力向同事们学习。""教育上，他相信爱是成功的原动力，良好的师德最根本一点就是爱学生。"他辛勤耕耘，改变着学生也改变着自己。

邢涛老师，您让我感受到了一种无言的亲切感

"把责任放在第一位，不管做什么事情都想把它做好。"他是温州翔宇中学高中部化学老师，不仅是两个班的班主任，还是高三年级副主任，高中部教务处副主任，他心里总有一杆秤，他谦卑地说自己属于默默无闻的一个兵，学校把我派到哪里，我就在哪里站好岗。熟悉他的学生都叫他"涛哥"，熟悉他的老师叫他"邢工"，他的真名叫邢涛。

无限相信学生的潜能

如何管理两个班级？邢老师有自己的班主任工作策略：尽量把班干部用起来，培养自己的助手；抓典型——好的典型与不好的典型，抓两头促中间，好的引领，差的习惯要改变它。

于无私处天地阔，培养学生从细节上入手，"和整个世界站在一起"在邢老师看来就是注重以人为本，尊重学生，把学生放在第一位。两个班级的学生交给你了，你就要对他们负责。因为对他们负责，你就不考虑其他的，既然学校把这个交给你了，就体现对你的价值的认可。晚上十点半再回公寓，内心的生活感受：不再是想当班主任，工作是为了谋生，超越了这个想法。

"无限相信学生的潜能。"学校依据集团的整体部署现任高三对接"云课堂"，邢涛老师和他的学生站在课堂改革的潮头，体验最深刻的一句话就是无限相信学生的潜能。"一开始我们都有点担心，可是到后来，做下来之后，我们学生比我们厉害多了，比我们学得还快，掌握得好。我们校园内的'无限相信师生的潜能'这句话说得好，而且，我认为这句话放在学校里还可以放大。相信他，他就可能做出许多想不到的事情，我在班级也是无限相信学生的潜能。501与201教室正好都对准（行政楼）那句话。这确实能鼓舞人，学生有什么心理活动，就给我发'派派留'，我回复方便，类似于QQ，登录账号，不需要内存，相当于云盘，点对点，老师可以群发，比如习题答案，也可以点对点，对某个学

生进行思想交流。学生可以随时校对，是先校对物理，还是化学，随他自己。课上可以用，课后也可以用。"

他非常赞同朱恒高校长《拥抱新科技》讲座时提出的观点，同时希望从高一就开始实施，对学生养成习惯方面会更好，不拘泥每一堂课都用，先把信息平台搭建起来，等大家都掌握了，再怎么去用，去发挥它最大的作用，都是可以的。

距离学生参加高考还剩100天，邢涛老师作为班主任、科任老师、高三年级副主任表达了自己的良好祝愿："读书十年，决战一百天，剩余一百天，弹指一挥间，高三年级的全体同学在最后的一百天，我祝愿大家努力拼搏。高考一举成名，同时祝愿高三（1）班的全体同学，不断加油，相信自己，无限相信自己的潜能，一定在2017年取得自己满意的成绩。"

"改了不下20次，每一次我都在"

"邢工"的由来，跟一件事有关：选科走班。作为浙江省新高考背景下翔宇中学首届高三年级副主任邢涛老师，直接参与了高中部三个年级的排课工作，原本排课不属于他的工作，但2014年请来的专家排不来了——认为如此条件下"排课概率为零"，他结合自己的思考，对教学的理解，从实际出发，提出了一个排课策略，被采纳之后，他本人也被安排到排课组。在翔宇教育研究院副院长邱华国领导下，经历三天三夜不睡觉，终于把课排出了：既满足了7选3，同时语数外又分分层，实现了教育策略与教育技术的融合。2014年底做出来，12月走班，配套"导师制""管理服务中心"加强学生管理。事情做成了，邢涛老师从此多了一个称呼"邢工程师"，简称"邢工"。

2015年6月，高中部考虑到管理难度太大，从实际出发，怎么有利于管理，有利于教学，及时调整：学生选科不变，语数外不分层。熬夜的时候，当时翔宇教育集团总校长卢志文、常务副总校长高立顺去看望他们时，鼓励排课组：去做才会有结果；懂技术，不懂策略不行；光有策略，不懂技术也不行；技术和教育策略结合起来就是最完美。邢涛老师深深感受到集团领导方向性很强，指引他们走向完美。如果没有计算机老师，我的这种想法能做，但最多能做成一个手工课表。

2015年底的时候，思路更加清晰起来。新的一届学生又要面临选科走班，明天就放寒假，朱校把他叫到办公室，要他协助李坚主任排课，他说好的。寒假就10天时间，回去就一个人坐高铁回去，后来走亲戚都没有走，老家与岳母家都没有去，就利用整整一个寒假他一个人把课表排出来了，直到正月初六晚上才把它弄妥帖。第二天就开学了，踏上了返校的归程。虽然累，但心里亮堂，能为学校多做一些事情感到无上光荣。

"虽然不是自己年级的，但我把它当自己年级一样做，想着怎么巧，怎么更好。"李步振主任说，2016 这届学生，年前先让学生选，年后昼夜开始排课。排课策略是"大稳定少走动"，选科走班日趋成熟。"先定学科老师，再定班主任，整个是一个系统。"亲历三届学生选科走班，说起排课他总是兴奋不已，"我把平台搭建好，至于搬砖头，一块块每个班老师都会搬。"

"改了不晓得多少次，不下 20 次，每一次我都在，占用了我绝大部分时间。"如果可以，他希望自己下一个阶段工作重心转移到教学工作上来。

"待一辈子"与"待一年"的想法，决定你的行为状态是不一样的。为什么我每天都很辛苦，但每天都保持一种很好的状态去工作。就是因为自己已经沉下心来，感觉自己要长期在这里工作下去，就会去包容、去理解。

有付出就会有回报。"很高兴，我们的高三有您的陪伴，这对于我们来说将是一段美好的回忆。"课代表陈舒静吐露心声，"化学班开课前，我一直认为您是年级段的主任，应该很严肃，很难相处，但开始接触您后，才发现我其实错了。那时的我们满心疑虑，但那时的您充满着热情与希望。""您的真情，我们感受得到；您的真心，我们都知道。我们不善言表，但我们都有一颗敬重您爱您的心，只是一直被隐藏着罢了，在接下来的日子我们一起努力创造新的奇迹。"学生徐志文表示："身为班主任的您让我感受到了一种无言的亲切感。"

张永林：俯下身子与学生同行

"张永林。""张永林。"与张永林老师一同去餐厅就餐，迎面碰上从餐厅回来的学生，队伍中远远地就有同学不断地向张永林老师热情地打招呼，有男生，也有女生，张永林老师开心地挥手回礼。一切是那么的自然！然而，这让身旁的其他老师颇感好奇：老张，你跟他们可不是同龄人哦，怎么直呼其名哩？

这是一个极其普通的早上，2017年5月26日……

张永林，"70后"，温州翔宇中学高中部语文教师，高一（16）班班主任。

要走到学生心里去

现在新高考背景下文理不分，但他所在的这个班级偏理科，数理化强，文科就不怎么好，英语一般般，选课组班的时候，语文成绩比较落后。尽管家委会提议要他当班主任，学校领导对他充分信任，对于要不要接过这个担子，当初还曾犹豫过。两个多月过去了，张永林老师感到十分欣慰：班级管理正朝着心目中那个理想的方向前行。孩子回去跟家长说："管理比较紧，但是比较有意思。"学生紧张当中有放松的感觉——张老师要的就是这种效果。

"我就培养一个班长，其余班干部也由他任命，什么事情都交给他去做。"对于班干部组建方面张老师有自己的见解，目的是提高执行力，由班长"组阁"，办事效率高。平时就培训他一个，监督他一个，不是全然做"甩手掌柜"。这样就可以避免被班级管理"绑架"，腾出时间做更重要的事情。

"温州的孩子，不像内地的孩子，一旦你走进他们内心，他一定认你。"这是张永林老师的班主任工作感言，并列举了一个"走"到学生心里的例子。有一次，就寝的时候，他看到班上的一位男生鞋子湿了，破了，很难受的样子。当晚他就跑到瓯北镇双塔路上为这位学生买鞋，第二天一大早，五点多钟，他在学生寝室门口候着。学生一起床，就看见老师把一双新鞋放在他脚边让他换上，学生一时间不知所措，感觉这只有父母亲才想到的事情啊，盛情难却，当他穿上这双张老师特意为他买的新鞋子时，小伙子还是抑制不住，跑进卫生间，感动的泪水顺着脸颊而下，"远在广州做生意的妈妈呀，您可知晓我们的班主任……"自此以后，这位男生传播了这份感动，在班级里彰显了正能量。

"张永林！"他并不忌讳学生直呼其名，反而把这当成一份奖赏，欣然接受，意味着孩子把你当朋友，去掉后缀"老师"两字，也就去掉了隔阂，现在他教的班级学生基本上直呼他名字。高考的脚步近了，原先教过的学生纷纷都找到张永林老师谈心。在学生心目中，"张永林"是值得信赖的老师，信赖往往创造美好的境界。

"平时学生可以拍拍我的肩膀，这没关系，但是上课要守住自己的底线。"他时常鼓励学生，营造班级良好氛围，他对学生说："16班，个个都是人才，人人都是重点！"

"高一打基础，高二加速度，高三冲刺。"脑海中，张永林老师有了自己清晰的路线图。

俯下身子与学生同行

"文章立意要突破传统构思，借鉴新概念作文，要有创新，不走寻常路。"2017年5月25日下午，张永林在高一（16）班的作文课上，阐明了自己的教学观点，并以"水"为例，展开联想"水"的多种含义：水，纯洁，无色无味，晶莹剔透，形态柔美；但有韧性，水滴石穿；性格刚烈，水火不容；稍纵即逝，一去不返；雨夜里让淅淅沥沥的雨滴捎去对故乡的思念……

"首先，其次，最后，总之。"一开始接触班级学生的作文，流水账一样的模式让任教多年的张永林老师吓了一跳，他清楚地意识到必须要大刀阔斧地对学生作文进行训练。

从作文的结构入手，告诉学生怎么写，第一段，第二、第三、第四、第五、第六段，每一段怎么写，每一段开头的方法技巧，跟学生讲。

框架有了，素材怎么办？巧妇难为无米之炊！向文本要！

比如《沁园春·长沙》中"恰同学少年风华正茂"这一小段话素材清单：理想人生、追求目标。张永林老师从必修一到必修五和《论语》做了梳理，罗列了"素材清单"，交给学生早晚背诵，不必再到课外去挖，一举多得，因为这些经典的东西往往属于默写的范畴。文本素材挖掘之后，怎么用？

话题训练是张永林老师打开作文教学的一把钥匙。他分析了浙江省高考自

2004—2017 年语文作文情况，把高考作文立意归结为四个方向：历史、人生、自然、文学，然后一个月四个星期，每个星期面对一个话题来训练。

"我让学生找出我的问题，我也指出学生问题。"学生写了，他自己也写，在作文点评的时候，他先把自己的作文，用投影打开，再把学生写得好的作文当堂进行对照，课堂呈现"去师生关系"，只剩下文学的文笔。俯下身子与学生同行，学生在张永林老师的指引下，写作水平逐渐提升。"亲其师信其道"，学生自主学习的能动性大大加强了。两个多月后，班级语文成绩上升到年级段 B 层次的第二名。

我是翔宇人，费晓东

他，怎么不在呢？小编很好奇，教师例会颁奖环节费晓东老师没有走进镜头。事后采访了他，他谦虚地表示："表彰我，本来是要推掉的，2014 年已经表彰过了，应该让更多的人有这个机会。"

"我是翔宇人，费晓东。"原来，费老师是老翔宇人，在翔宇教育集团已经是第十个年头了。2008 年加盟翔宇（宝应实验初中），2013 年来到温州，与翔宇中学一同成长，是翔宇理想课堂的先行者，完整的一届初三，后留了一年初三，今年仍然教两个班的语文，做班主任——翔宇青云班，第五年班主任。

"他的班主任工作张弛有度，刚柔相济，亦庄亦谐。"

"刚刚开完两个会，完了之后要准备周六的家长会。"班主任工作千头万绪，没有经验的话，往往被校务工作牵着鼻子走，太忙了。费老师教会了学生"弹钢琴"，"人人有事做，事事有人做"，翔宇在这个方面已经做得很健全了，值日班干部对所有老师不在的场景进行监督与管理。每天都有小结，一次汇报，夕会，五分钟是班干部，五分钟是老师的。每天都有一个学习之星。

"他的语文课，厚重广博，有声有色，精彩幽默，妙趣横生，教学实绩一直名列前茅。"

走进初一（21）班，费老师正教授学生《论语》十二章里的后六章。六位学生落落大方上讲台主讲，费老师呢，则结合导学案穿插点拨，除了要讲文言文语法"倒装句""意动用法""兼词""顶真（连珠）""而字用法"外，更多的是充分挖掘《论语》中的文化精髓，同时融入自己独特的理解，他说，不仅很多名家如朱熹、钱穆、南怀瑾，还有于丹，对《论语》做过注解，"作为老师，我也经常读《论语》，它是我个人非常重要的精神资源，是我思想的数据库，我可以随时背诵很多句子。"五年前，他还特意请人刻了一枚印章"从吾所好"。

对于"不义而富且贵，于我如浮云"句子的讲解，他认为孔子是"时尚达人"，结合网络语"神马是浮云"。学生豁然开朗，孔子对自己的生活要求不高，为什么？费老师随手在白板上写下"富而可求也，虽执鞭之士，吾亦为之；如不可求，则从吾所好。"孔子的爱好是什么？学习，追求终极目标"仁"。

接着重点分析了"知之者不如好之者，好之者不如乐之者"这句话，称其"有大美"，它揭示了所有为学之道的顶级的秘密，这句话用我们现代汉语来讲就是：兴趣是最好的老师。同学们，你们对自己所学科目是怎么样呢？是知之，还是好之，还是乐之？谁都可以成功，问题是你对什么感兴趣，你的兴趣点在哪里？费老师，带领学生从《论语》中走到现实中来。

"他博览群书，兴趣广泛，他的书法作品两次在校书法馆展出。"

他不吸烟、不喝酒，不会唱歌，不会跳舞，什么牌都不会打，但他酷爱阅读，酷爱书法，这种几乎纯粹的精神生活对于他来说，不是什么高层次的追求，而是自然而然的兴趣而已。想读的、喜欢读的书，他基本上都读过了，像《论语》就带在身边经常读。崇尚私房阅读、个性化阅读，随性率性，博览群书。以至于可以就明式家具、中国陶瓷、中国书画诸多方面开出讲座来。不讲，憋着难受，学生选修课就是一个很好的"出口"，他的脱口秀很受学生热捧。

初中选修课《脱口秀：衣食住行》是费老师的"拿手好戏"，从历史的角度，以时间为纵轴线，讲述"衣食住行"，充满知识性、趣味性、人文性。先从吃开始讲，讲饮食文化，远古人吃什么，讲各大菜系，一个学期就讲了一个吃。后来讲到"衣"——

"在三千年前，中国人是不穿裤子的。"学生一听就傻掉了：公元前1000年左右，人们不穿裤子，到汉代的时候，人们穿裤子还是很少的，人们以前为什么要穿很长很长的长袍呢，因为他没有裤子，以前所谓的裤子只有两只裤腿，就像袜子，没有裤裆的。有裤裆的裤子，穿到腰部，然后用腰带把它系起来，本来是游牧民族发明的，因为要骑马，裤裆那里露着是不行的，而在农耕文明为主的中原地区，裤子并不流行，下身用一块布围起来，那就是"裳""衣裳"在古代是两个概念，"衣"就是上衣，"裳"就是裙子，一块布。然后逐渐有了裤子，但具体是哪位发明者已经无法考证了。少数民族、游牧民族穿的衣服，短的，束袖的，像清朝人的马蹄袖，是便于骑马。为什么汉代的服饰袖子非常宽松，……末了，费老师说，沈从文的《中国古代服饰研究》里面就有，这些都是有根据的，不是信口开河，不是猜的。

2016 年、2017 年翔宇王羲之书法馆举行两届翔宇温州总校教职员书法展，费晓东老师的书法脱颖而出，两次入展。

"教书""阅读""书法"构成费晓东老师的人生"三国"，痛并快乐着。他是学生心目中有趣有料的"费大大"，在学生面前，他更多的时候是感性的，"在年龄上，我比你们的父母要大一些，你们可以叫我'费大大'。"一次不经意的坦率，学生改变了对他的称呼，他也从此从讲坛上走下来融入到学生当中去。

卢锋：在我的世界里享受我的幸福

2017 年 9 月 22 日，翔宇教育研究院卢锋博士做客瓯江书院谈幸福。

"把焦点一直对外界，成功这个东西是很难追求到了，但幸福这个是我们必然拿到的，成功解决的是我和外在世界的关系，我和他人和社会之间的关系，这个成功可能有很多偶然性的，但幸福一定处理的是我和自己的关系，而我和自己的关系，这个自己是完全可以做主的，就是当你发现幸福是和自己的关系，而不是和社会的关系时，你会豁然开朗。"

"社会肯定是不完美的，每个人自己有一套完美的标准，我住的地方怎么样，吃的怎么样，你的标准越多，你让自己快乐的空间越窄，当你把所有的标准放下，其实这个世界本来不应该完美的，你会发现你的幸福又增加了一层，所以在不完整的世界里要得到幸福，有个前提：第一个幸福一定是自己的，和他人无关，和外界无关——世界完美不完美已经不重要了，但是假使还是有人理不清自己和外在的关系的话，你认同世界不完美，你拿到幸福的可能性更大。"

"怎样要到完美想要的幸福呢？你何须走向世界？世界早就和你在一起了，你就是世界，当你发现幸福就是我的事情，世界也一样，我在哪里世界也就在哪里，我怎么样，世界也就怎么样，我好了，世界就好了，幸福也一样，我本来就很幸福，幸福本来就有的，你只要把这个幸福活出来就好了。生命教育就是，要孩子珍惜生命、呵护生命、发展生命，活出自己。他足够优秀、足够聪明，带着这样的前提，与他对话，去帮助他，去和他交流的时候就不一样。让他发现他和优秀在一起。很多人会把过去带到现在，或者把对未来的期待带到现在。'在不完整的生活里寻找（要到）我的幸福'，这是个伪命题，幸福本身就有的，不是用来寻找的，应该表述为：在我的世界里享受我的幸福。"

她用微笑和勤勉守护翔宇学子的成长

她说自己还很年轻，许多地方要向同行学，她要用微笑和勤勉守护翔宇学子的成长。

"有一天，你和我都将面临……对，死亡，你将用什么样的态度去面对它，你会用什么样的眼光来看待一生的生活，思考自己的一生将如何度过，希望你的墓志铭将是什么内容？"

高一（5）班教室里，周俞伸老师播放一段《死亡诗社》视频后，导入新课《五人墓碑记》，围绕"五人，是什么样的人？""五人，为什么事而死？""五人的死，有什么特别的意义？"三个问题，梳理文意，把握思想。

课堂中，提问不断，释疑解惑，讲读结合，与平时校园里见到的细声柔和、始终微笑的周老师完全不一样，判若两人，开启课堂模式的她，慷慨陈词地朗诵，慷慨陈词地讲课，神情显悲壮，悲壮中现大义，再现吴民义举。学生们听得津津有味。先疏通"文意"，后教"文言字词"的教法处理与语文试卷中文言文出题形式相吻合，从而倒逼学生培养自己理解字词消化的能力。

有一天，一位同学欣喜地告诉父亲，语文老师奖给他一本书——熊培云著的《自由在高处》，班级中成绩优异者和后进生都能有幸得到老师的奖赏，作为后进者的他感受到这份荣耀，第一时间告诉了父亲。这位父亲知道，自己的孩子阅读量太少了，阅读主观题得分率极低，老师是在用这种特别的方式点亮孩子学习自信的心灯，呵护孩子自尊，鼓励孩子多读书啊。从此，他记住了孩子的老师叫周俞伸，一位始终微笑着的温州翔宇中学年轻教师。后来从孩子嘴里得知，周老师时常带他们去瓯江书院上读书课，培养学生良好的读书习惯。作为一名语文教师，她说："我要带学生一起经历、认识一点阅读和生活中的一些事情，去理解、包容，慢慢地融入文字当中去。"

博采众长，向前辈学习，提升教师专业素养。"我很幸运，我以后会继续努力工作的。"2017年9月5日，学部青年教师会上，周俞伸老师满怀感激之情铭记"师傅"周明春老师的教导，教学中重视文本阅读，在字词中领会思想感情；感恩 2015 年 107 办公室同仁阿木、张羽、谭海舟、曹慧利等老师对自己教学工作的帮扶，传授带班心得。

周俞伸，翔宇青年教师的优秀代表。2015 年毕业后即加盟温州翔宇中学高中部。她有三种状态出现在翔宇校园里：除了语文教师、翔宇温州总校例会主持人，还是瓯江书院及其读书活动的积极参与者。

瓯江书院里常常看到周老师的身影，这是出于一种爱好，积极投入也就倾向于本能。为了增加气氛，她会事先添置水果，搬动桌椅、沙发，更多的是活动的倾听者，一当有人开讲，就坐在一边聆听；跟随在翔宇一群好读书者身后，多的是谦恭，多的是学习。

"第一是年轻老师，做事情比较积极主动，而且做得比较好，无论是招生，还是晚自习坐班，都积极主动；第二个原因是，教学质量还是比较好的。"高中部校长室透露"优秀教师"推荐理由。

朱志刚：教学联系生活深入浅出

温度直线下降，可总有一些花儿选择怒放。

"2018 年 2 月 6 日晚间，首届全国中学生地球科学竞赛预赛成绩揭晓。温州翔宇中学高二（16）班叶熙正同学以 98 分勇夺华东区三省（上海、浙江、福建）第一名，在全国屈居第二；翔宇初三（20）班朱冠铭同学以 95 分勇夺华东区第二名。本次国家级奥林匹克赛事，翔宇 4 人跻身全国前 20 名，10 人跻身全国前 50 名。"

三省第一，全国第二，翔宇学子牛了！喜讯迅速传开，人们不禁要问这背后是怎样的一群孩子和老师呢？其中朱志刚就是地球学科班唯一一位校级地理老师。

回想 2017 年 11 月初，许多往事历历在目：那时刚接手这批孩子，面对地球科学班一双双渴求知识的目光，朱志刚老师心感惶恐，地球科学涉及的知识面大，有深度，想要给学生一杯水，自己就要有一桶水，甚至更多。面对挑战，他一边学一边教，在海量的信息中寻找自己想要的资料，往往要熬到深夜。有时候为了找一个概念，要把这个概念解释清楚，他要找好几个课件来看。后来慢慢适应了就好点。同时，他虚心向外聘教师学习，受益匪浅，终于度过了这个磨合期，3 个月过去了，显得轻车熟路了。

"朱老师上课喜欢用生活中的事打比方，让我们印象深刻。"地球科学班金钰奇同学心有感触地说。不仅地球科学班同学有此印象，高二（9）班同学也有此体会，这不，3 月 7 日下午地理试卷讲评课上，同学们依稀记得——

"温州外来人口少了，企业结构会发生变化吗？""我们两幢教学楼之间，如果没有绿化带，全是水泥地，从地理意义上讲会出现什么情况呢？""影响温州气候最主要的是什么？夏季风？台风？地形？""千石动车站（永嘉站）带来的是商业活动的兴起，而不是工业活动，因此永嘉站周围的工业迟早要搬掉。"课堂上的朱志刚老师，善于列举身边的事例加以诠释，同时，把地理中不太规律的东西变得相对规律，从而便于记忆。

　　"对知识性的把握、讲解，深入浅出，注重师生互动，联系社会实际和学生的生活实际。"地理备课组同事侯承杰老师评价朱老师的课堂教学时，他表示："朱老师学科的专业素养高，课堂驾驭能力强，课堂教学生动。"

王乃林：班级德育中融入理想课堂

"乃子哥，我们最棒！""老王的 8 班和 13 班都是一等奖哎。"3 月 27 日下午，温州翔宇中学高中部跑操比赛成绩揭晓，高二年级一等奖 4 名，王乃林老师一人就占了两个，同事与班级同学及时给予了点赞。

"乃子哥"，不是别人，正是高二（8）班和高二（13）班的班主任——王乃林老师。

人们不禁感到好奇：他的两个班是如何成为"步调一致""口号响亮""状态稳定"的班级呢？这得益于他班级管理的深入，班会是德育的主阵地，他精心组织着。

在德育中融入理想课堂模式，"王氏"班会课深受学生吹捧

"以生为本，生本课堂。"对于翔宇理想课堂，王乃林有自己的理解，无论是课堂教学，还是班会课，他都有深刻的体验。2017 年 3 月 15 日，在高中部班主任德育培训会上，他分享了"王氏"班会课，让人眼前一亮：做课程。

对于班会课的安排，王乃林老师坦言曾经的错误做法：只强调纪律、布置工作；放视频、看电影；自习；变成班主任的文化课。

经历了三个发展阶段：有主题——成序列——做课程；实现了主题班会课程的价值追求：陶冶人性、完善人格、培育思想、启迪智慧；形成了主题班会序列：高一上：习惯养成；高一下：责任意识；高二上：法制教育；高二下：人文素养；高三上：理想教育；高三下，职业规划。

做课程参照翔宇教师例会四大板块，创造性形成：上周小结、主题演讲、艺术鉴赏、开心一刻四大班会课板块，上周小结部分，既有表彰进步，督促后进，又有指出问题，提出建议。艺术鉴赏部分，以演唱、乐曲、小品等表演的形式突出班会主题。开心一刻游戏环节，通过"破冰行动""猜词""搭桥""速算"等游戏，旨在增进协作意识。

"王氏"班会坚持数周，班级出现了良好的局面：气氛活跃，参与度提高，同学知识面拓宽，树立自信了，班级存在感有了，班级里出现了申请主办主题班会与竞相参演的热潮。

他认为，理想课堂的核心是一个"加法"一个"减法"。老师要做减法，学生要做加法，"强"学生，"弱"老师，要恢复、放大学生的学习自主权。

从外到内，先抓行为习惯，后抓学习意识，管多了便成为"乃子哥"

"行为规范没有改变，你就去抓学习意识，这是本末倒置的。"王乃林老师表示，先抓外围，卫生先做好，座位先调整好。坐得中规中矩了，像个学生样了，第二个再来转化学生学习。外部东西是可控的，是很容易做的，如果外部东西忽视了直奔主题的话，肯定是抓不到位，抓不好的。

他经常性地灌输主动学习的意识，做情感、态度、价值观的教育，要借机发挥。润物细无声、逐渐的、慢慢地渗透到学生内心中去。王乃林老师对学生进行最大诚意的说服教育，学生被感化了。

在班级管理中，王乃林老师非常重视学生就寝良好行为习惯的培养。并取得公寓管理中心生活老师的支持。生活老师扣分是好事，在他看来，寝室很关键，它是学生微型的小家了，学习压力这么大，回宿舍以后，能稍微舒展一下的地方就是宿舍，那么宿舍里面的舒适度，休息是否得到保证，跟学习一定是挂钩的。

王乃林老师管理班级多了，跟学生的心走得更近了，13班的同学亲切地叫他"乃子哥"。在班级任课老师的共同努力下，年级常规检查汇总时，两个班级进入前五名。

行进在班级管理中，自己隐身后台掌控引导，学生积极参与班级思想建设，如乘顺水小舟，顺心顺意，坐看班级每个生命在教室里开花，过一种幸福完整的教育生活，王乃林老师脸上洋溢着幸福的光芒。

校园内，惊现"陈光芒与读者见面会"横幅

"谢谢你。"接过家长递过来的钱，陈光芒礼貌性地表示感谢。

"应该谢谢你，写出这么好的书给我们看。"接过书的家长回复道，转身朝身旁就读温州翔宇中学初二的女儿指了指，"是她告诉我有个学弟写书的事情。"

"这是谁家姆姆？"人群中有人问起。

一侧忙乎着搬书的父亲插了一句："我是他爸。"脸上一露自豪的神情。

2015年5月29日中午，出现在温州翔宇中学初中部嘉言楼前的"陈光芒与读者见面会"横幅与一块展板格外引人注目，身穿校服的陈光芒与一位年长的奶奶站在一张长条桌子前忙着"签名售书"，桌子上堆满一摞子《流沙人生》新书。陈光芒欣喜地告诉大家：所得收入将纳入"翔宇银行"公益基金。这次自印作品集《流沙人生》共800册，面向校内师生发行还要去三四个地方，都已经联系好的。爸爸与奶奶都过来帮忙了，奶奶听说孙子在校园里售书，就过来照看一下。妈妈在厂里上班出不来。

"好好写，将来一定有前途"

适逢温州翔宇中学月末学生大休，许多来校接孩子在初中部嘉言楼前过往的家长闻讯都前来购取一本。对其小小年纪就出书大加赞赏："好好写，将来一定有前途。"陈光芒同学没有谦语，而是坚定地说："那是必须的。"一位跟他穿一样的校服的同学问："可不可以10块钱卖给我。"陈光芒不好意思地说："不行，这样连成本都不够，得15元。"对方只好为难地给了一张10元另加4元硬币——还少1块钱，见此情形陈光芒赶紧说没有关系。

曾在"榕树下"发表三部小说

关于书名"流沙人生"的诠释：流沙人生，人生如流沙，会有深陷流沙的痛

苦，会有意外得救的欣喜，多姿多彩，要看怎么拼搏。这是"一个少年带给世界的心声"。

陈光芒，浙江温州人，现就读于温州翔宇中学初一（12）班，榕树下文学网原创作家，曾在榕树下发表三部小说，取得读者的一致肯定。

四年级，他写下第一首古体诗《凄夜吟》；五年级，他发表了第一部两万五千字的小说《痛心365天》，并取得巨大成功；六年级，他发表了第二部小说《这条路起码我走过》，得到榕树下文学网站青春组编辑推荐，同时，他的作品集《梦醒了花开花败》首印100册，在学校内两天抢完，也见证了这位孩子的实力；小升初时，完成了第三部短篇小说《迷失森林》；初中时代，他的笔下踊跃出不少短篇小说，《烽火》《傲立在雪峰之巅的雕像》。

不顾家人的反对毅然坚持写作

"这个世界既没有天使，亦没有撒旦，有的只有你是自己的上帝。"对于写作这条路，家里支持的人并不多，只有爸爸一个人站队，外公、外婆希望他"考大学、考公务员，吃官家饭"，自己早年就跟外公外婆一起生活，外公外婆给他的印象很深。爷爷整天在楠溪江山村里忙农活也顾不上，念初一时候去世了。他明白要想获得家人的支持就必须努力把学习赶上去他，功夫不负有心人，他成了学习佼佼者，入学之际就因为学习优异获得奖学金。

对于未来，他怀揣着写作的梦想，他喜欢坐在电脑前敲击着键盘的那种感觉。

朱林豪和他的国家发明专利的故事

2017 年 12 月 14 日，"中国发明教育网"微信公众号发表一条消息：《温州翔宇中学这位同学，恭喜你获得国家发明专利！！！》，报道温州翔宇中学朱林豪同学发明《通用三刃弧形中空切片刀》获得国家发明专利，专利申请号：201610349421.4。温州翔宇中学师生闻讯竞相传播分享：厉害了，我们的大翔宇！

在高中部教师办公室，见到朱林豪同学，告知其荣获国家发明专利喜讯，他憨实的脸上露出了笑容，高兴地连忙打电话告知母亲，努力总有了收获。

说起发明创造，他说：小学期间参加过市小发明、小制作比赛，虽没获奖，但兴趣一直保持着。机会总是留给有准备的人，自从来到温州翔宇中学，就了解到学校非常重视创客教育，还注意到高中部机器人社团研发的魔方机器人还被温州电视台报道过，于是就留意有关发明专利的申请。

切入点呢？妈妈给了个"金点子"，作为家庭主妇下厨房的机会自然多些，她感觉厨房加工使用的刀具似乎可以改进，一般人在使用菜刀切菜时，都是通过眼睛直接测量所切的厚度，然后用刀切下。这样一来，不擅长刀工的人所切出的片或丝就会厚度不均匀，从而影响菜肴的品质。而且人们有的时候会因为菜的样式、美观等原因，需要将菜切成弧形。为解决菜刀难以均匀切片或丝以及难以切出弧形薄片或薄丝的问题，于是，朱林豪同学设计了一种"通用三刃弧形中空切片刀"。

这种"通用三刃弧形中空切片刀"，包括刀柄和刀身。刀柄可以是弯曲的曲柄，通过螺钉固定在所述刀身上，与刀身的夹角为 90°。刀身包括一个长刀片和两个短刀片；长刀片位于两个短刀片的中间，底部为弧形长刀刃；短刀片的底部为弧形短刀刃；其中弧形长刀刃和每个弧形短刀刃均具有相同弧度并且同向弯曲的弧形，弧形长刀刃的长度比弧形短刀刃长；长刀片和每个短刀片上设有重合的镂空部，镂空部可以有两个以上。长刀片和每个短刀片之间设有固定部，长刀片和每个短刀片之间的距离为 1-10mm；弧形长刀刃与弧形短刀刃高度差为

5mm~30mm，弧形长刀刃和每个弧形短刀刃的弧度也能够进行预先设定。

这个"通用三刃弧形中空切片刀"切出厚度均匀的弧形薄片或薄丝，提高了菜品的美观性和高效性，并且适用于惯于使用左手和右手的用户。操作简单，效果显著，实用性强，便于推广。

设计、画图纸、制造，有一系列的烦琐的工作要做，朱林豪同学坦陈，在国家发明专利过程中妈妈给予很大的帮助，除了金点子之外，无论是产品文字说明的表述与修改，还是精神的鼓励与支持，甚至最后的发明专利电子稿的提交，从事小学语文教学的妈妈都表现出极大的"慷慨"，虚心请教发明专利申请的专家，历时一年，从高一下学期到高二下学期，他终于申请成功。

是偶然，也是必然。一颗萌动的心，一颗关注的心，加上学校的创客教育的引导，必定会开出富有创新、创意、创造灿烂的花朵。

心手相连助力成长创美好

——温州翔宇中学高中部"家校共育"纪实

"视家长为上帝，视学生若亲子。"2018 年 10 月 22 日，"家校共育"话题在翔宇温州总校教师例会的教育论坛展开。翔宇集团总校长卢志文指出："我们要理清服务与被服务的关系，家校关系必须建立在平等的基础上，然后职业规则起作用。正确处理家校关系必须依法，必须讲理，必须重情。"

"家长力量是学校最有力的支撑，因为自始至终目标一致，我们相互信任，助力成长。"温州翔宇中学常务副校长、高中部校长潘文新说。

自 2013 年创办以来，在新教育理念引领下，秉承"培育走向世界的现代中国人"的办学宗旨，坚持学习性质量、发展性质量、生命性质量的标准，温州翔宇中学高中部德育工作在副校长严强主持下，有声有色、切实高效地开辟了"家校共育"的新天地。

成立组织，保障家校联合

"家校共育"，指学校、家庭对学生的共同教育。学校对家长作教育方法指导，家长对学校教育教学提出合理化建议，二者合力，进而发挥教育的最大效应。

成立家长学校，开辟家校便捷通道。2017 年 3 月 26 日，温州翔宇中学高中部在陆坚运动馆举行了"家长学校"成立大会。学校领导为家长学校领导成员颁发了聘书，他们是：温州翔宇中学高中部家长学校校长郑晓群，副校长严强、厉进荣，常务副校长徐时洪，办公室主任夏理忠，家庭教育专职顾问黄茗，高一年级家委会主任张温素、副主任潘成波，高二年级家委会主任林永忠、副主任袁海斌等。

"家长学校"目的明确，凝聚家校力量，共育精英孩子；职责清楚，助力学校，培训家长，服务学生；组织合理，成员有家长、学校副校长、家庭教育专家等；下设家委会，家委会有三个层次，即学校家委会12人，年级家委会4人，班级家委会2人。家长学校的成立，为家长和学校联手管理教育教学提供了便捷高效通道。

成立家长顾问委员会，传承家委工作经验。2018年6月10日，温州翔宇中学在运动馆举行"翔宇有礼，四礼合一"活动，同时举行了"家长顾问委员会"聘任仪式。高中部副校长严强为郑晓群先生、夏理忠先生、黄茗女士、鲍晓聪女士、陈金乐女士颁发了聘书。郑晓群代表温州翔宇中学2017届家委会向学校赠送"视生若子，不愧翔宇"的匾额，表明家委对翔宇教育的信心与支持，同时对新一届家委会提出了宝贵的建议。

专家引领，促进和谐发展

用好翔宇集团平台优势，邀请各方专家为学子、家长、教师指点教育迷津。

"九商三能"教育理论体系创始人、"中国家庭教育特殊贡献奖"（联合国颁发）获得者刘锁志先生，在家长学校成立大会上，受聘为"温州翔宇中学家庭教育顾问"，并作了《打开心门，是迈开家庭教育的第一步》的教育讲座。2017年4月24日，温州翔宇中学高中部举行德育工作培训会，参会者为家长学校骨干、高中部全体班主任，刘锁志团队温州负责人杨楚老师受邀作讲座——《为什么付出努力却教不好孩子？》。2017年12月29日，苏州大学教育硕士殷余忠老师做了"青春期孩子常见的现象分析与教育对策"讲座。

其后，又有苏醒、王国权、柳瑞旗、刘向明等专家的系列讲座。系列讲座深入浅出、切实有效，受到家长的热烈回应。大家纷纷在微信群传播自己的收获：认识到了当今教育存在问题及产生的深层原因，掌握了解决问题的可行方法，并感谢学校为家长提供了宝贵的学习机会。

开设翔宇"家长有约"讲坛，让优秀家长时常在学校班级、论坛等不同场合"出镜"，分享家庭教育心得。2015年12月11日，温州翔宇中学朱冰河学生的家长杨晴映女士为班级学生讲述"诚信人生，从容应考"。"只要心中有梦想，天上就一定有太阳"，这是徐晨攀同学的家长徐胜飞先生作为家长代表在第二期"家长有约论坛"的感慨。优秀家长的言传身教，使得"家校共育"更显实际、更有感染力。

互动沟通，助力学生成长

学校重视，家长主动，推动家校合作，助力学生成长。

学校重视家校互动，注重德育细节。2017年11月26日，学校召开新一届家委会会议，学校常务副校长、高中部校长潘文新讲话并颁发聘书；学生心理健康辅导中心主任栾鸢老师宣读了《温州翔宇中学高中部家长委员会工作方案》；2018年2月2日，学校举行高一年级家长会，高中部副校长严强从环境育人、就寝育人、晨会育人、跑操育人、活动育人等生活细节向家长汇报主要德育工作，旨在家校互动的实践指导。

学校主动分享，家校互动频繁。学校心理咨询中心主任栾鸢老师，利用家校微信群进行线上分享，内容有："今日分享"（主要是家庭教育好文）、学校新闻中心推送的新闻、最新高考信息等。在线解答家长提出的亲子教育问题、听取家长对学校工作的意见和要求，反馈学校各部门对问题的处理进展情况等。诸如，"最好的家风是善良""当孩子冲你发脾气你应该高兴才对""教育部发布2019自主招生最新政策""美国克里斯卡莫雷特高中来翔宇谈合作细节"等等。信息互通、问题互解，家长学校积极传递着教育正能量。

家长主动参与，推动学校生活。开学典礼、孩子成人礼、体育文化节、高考送考，经学校指导社会协调，家长自觉助力学生成长，已走上良性循环之路。

2016年12月9日，温州市第十七届成人节"树立远大志向，放飞青春梦想"宣誓仪式在温州翔宇中学举行。现场675名年满18周岁的在校生在大家的共同见证下宣誓成人。佩戴成人章、叮嘱、拥抱、拍照，体现着真情；挽着孩子的手，家长、老师与学生走过红地毯，跨过象征成人标记的大门，传递给学生神圣的责任。

2017年12月11日，在翔宇温州总校全体教师例会教育论坛上，家长学校办公室主任夏理忠先生、家长委员会家庭教育专职顾问黄茗女士就如何对孩子开展青春期性教育发表自己看法，"作为教育者、父母亲，我们应当给孩子提供一个理性的渠道去认识性的全貌，并教会他（她）在保护自己不伤害他人，不违法，坚持男女性别平等的前提下，去做出身心愉悦的选择，至于怎么选择，我们尊重你。"家长参与，共同揭开教育"禁区"，深入探讨，共同寻求出解决之道。

班会、总结表彰会、晚会等都可成为家校联谊会。家长们随时随地都能畅所欲言，为学校发展建言献策。"家长们从外围到内涵持续关注翔宇的发展，从关注到关心，到关爱。""家委工作切入点要让孩子学会感恩，我们的行动就是很好的言传身教。""建议学校举行校园文化节，培养学生的'母校情结'，流畅地讲述翔宇场馆故事。""加强学生竞赛辅导，增加教师外出教研的机会，注重与浙北高校平台对接。"发言切合实际，就学校发展提出中肯建议，学校也针对家长建议进行深入讨论研究并付诸实施。

每年高考，家长志愿服务队都会应时而生。家长们佩戴统一胸牌，分工细致。志愿"爱心助考"，应急服务随时，引路提示细致。家委会夏理忠先生对送考组织有过深刻的感悟：家长、老师在教育的同时，也在教育自己，成年人也在成长。

成立家长学校，是温州翔宇中学高中部的新举措。家长学校，保障了家校联合，促进了教育的和谐发展，细致深入地助力孩子成长。新教育实验发起人、中国教育学会副会长朱永新说过："家校合作共育是人类社会和现代教育发展到一定历史阶段的必然要求和必然产物，是我国今后相当长一段时间内教育改革的重要主题。在教育中，学校、家庭和社区一旦发生合作，一旦围绕教育问题进行精神交流，就形成了教育磁场。在可以预见的未来，学校作为现存单一化、封闭式的教育机构，将被未来学习中心逐渐替代。家庭、学校、社区携手前行的家校合作共育机制，将共同形成教育的磁场；教师、学生、父母以及所在社区相关人员共同成长，将成为未来学习中心的常态。"

温州翔宇中学，正在努力前行。守正，创新，再出发。

翔宇学子韩国展风采 国奥大赛勇夺五奖牌

在 9 月 2 日结束的国际地球科学奥林匹克竞赛中，中国队斩获 2 金 4 银 3 铜。其中，温州翔宇中学"双铭"获得 3 银 2 铜，包括个人 IESO 银牌 2 枚，国际合作专题竞赛 ITFI 和 ESP 银牌 1 枚，铜奖 2 枚。捷报传来，翔宇人竞相分享。

第十三届国际地球科学奥林匹克竞赛 (International Earth Science Olympiad, IESO) 于 8 月 26 日在韩国大邱隆重开幕。此次竞赛共有 41 个国家和地区出席，参赛国家包括中国、美国、意大利、法国、俄罗斯、日本和韩国等，共有 181 位选手参赛。中国经过国内初赛、决赛和集训队的层层选拔，最终苏晗（江苏省赣榆高级中学）、曹茂林（山东省青州第一中学）、朱冠铭（浙江省温州翔宇中学）、白家铭（浙江省温州翔宇中学）脱颖而出，组成中国代表队。同时，为增加广大中学生参与国际重大赛事的机会，开拓中学生的视野，促进中学生的国际交流，2019 年国际地球科学奥林匹克竞赛选拔赛委员会派出了两名客座学生（Guest Students），分别为罗丹清（中国人民大学附属中学）、叶彦劭（浙江省温州翔宇中学）。国际地球科学奥林匹克竞赛，是"国际 12 大奥赛"之一，2020 年在泰国举办，明年在俄罗斯。

2018 年翔宇教育集团浙江温州翔宇中学首次组队参加全国选拔赛，取得 4 金 1 银好成绩。其后，以观察员身份赴泰国参赛，翔宇郑栋昊同学在 ITFI 和 ESP 国际合作专题竞赛获得 2 个单项第一名，郑璐阳同学获得 ITFI 第三名。郑栋昊以优异成绩现已被著名的浙江大学竺可桢学院录取，从事地质学专业学习。

2019 年温州翔宇中学再次刷新纪录，全国选拔赛喜获 12 金 3 银。全国前 10 名翔宇占据 4 人。朱冠铭、白家铭两位同学以并列全国第 3 名的成绩双双入选第十三届国际地球科学奥林匹克中国队，于 8 月底赴韩国参加全球决赛。叶彦劭以第 6 名成绩入选"观察员"身份出席。至此，4 名正式队员与 2 名观察员组成的 6 人中国代表队中，翔宇学子占了一半。

附：国际学科奥林匹克竞赛简介

国际数学奥林匹克竞赛（IMO，由 1959 年开始举办）

国际物理奥林匹克竞赛（IPhO，由 1967 年开始举办）

国际化学奥林匹克竞赛（IChO，由 1968 年开始举办）

国际生物奥林匹克竞赛（IBO，由 1990 年开始举办）

国际信息学奥林匹克竞赛（IOI，由 1989 年开始举办）

国际哲学奥林匹克竞赛（IPO，由 1993 年开始举办）

国际天文奥林匹克竞赛（IAO，由 1996 年开始举办）

国际地理奥林匹克竞赛（IGeO，由 1996 年开始举办）

国际语言学奥林匹克竞赛（IOL，由 2003 年开始举办）

国际青少年科学奥林匹克竞赛（IJSO，由 2004 年开始举办）

国际天文和天体物理学奥林匹克竞赛（IOAA，由 2007 年开始举办）

国际地球科学奥林匹克竞赛（IESO，由 2007 年开始举办）

美好的花朵开在孩子们的心中

—— 翔宇校友作小诗一首表达 "我想翔宇了"

"天空中没有翅膀的痕迹，但鸟已飞过"。寒来暑往，温州翔宇中学送走一批，又迎来一批。对于母校里的点点滴滴都已成为学子们美好的回忆，美好的花朵开在孩子们的心中。附《也想》

想独卫

想空调

想一卡通

想满学校的花草树木

想学校食堂厕所里的纸巾

想寝室里插卡就有热水

想不用淋雨的大大的体育馆

想食堂里早餐的汤面一块钱小点心

想那秋天美得无法描绘的杏树大道

想我还没看完的各种昆虫馆书法馆

想那些帅气打篮球有才的学长学姐

想对我们很好很照顾关心很和蔼的宿管

想那些带着全国各地口音又可爱的老师

想我那些可爱美丽有趣的同学

我想翔宇了